U0066080

Asia Jilimpo
陳明仁

台語文學有聲冊

抛荒的故事

第三輯：田庄浪漫紀事

(1書+2CD光碟)

前衛出版
AVANGUARD

前衛頭家

感謝加入！

鄭文煥先生 廖彬良先生 胡長松先生 陳盈如小姐
董峰政先生 蔡哲仁先生 林憶秋小姐 李守仁先生
高松林先生 王孟亮老師 錢秀足小姐 林浩健醫師
邱若山教授 黎國棟總監 陳金蕾小姐 楊維哲教授
盧月鉛女士 蔡文富先生 汪緯斌先生 蔡淑芬經理
陳榮興先生 李樹銘先生 周明偉醫師 紀竹國先生
陳啟祥先生 蔡竹旺先生 楊森安醫師 林鏗良先生
吳　晟老師 劉暄峰先生 陳寶惠小姐 王忠謙先生
林毅夫醫師 李妙信女士 許明芳先生 江美治老師
王俊明先生 吳冠儒先生 涂慶信先生 蕭耀松老師
蔡金龍先生 林　禹先生 廖瑞銘教授 林恩朋先生
鄧瓊如小姐 鄭淑心執行長 林俊宏董事長

(名單至2013/05止

加入「前衛頭家」，年金一萬元(海外美金500元)，即擁前衛
全年度出版新書(保證30種)，頭家名號登載每本新書扉頁，
永誌感恩，萬世流傳。

《拋荒的故事》
全六輯「友情贊助」
徵信名錄

陳麗君老師　張淑眞女士　李林坡先生　江永源先生
劉俊仁先生　蔣爲文教授(2套)　劉建成總經理(2套)
蔡勝雄先生　郭茂林先生　陳榮廷先生　黃阿惠小姐
葉明珠小姐　陳勝德先生　王立甫先生　楊婷鈞小姐
丁連宗先生　李淑貞小姐　馮文信先生　陳新典先生
林鳳雪小姐(6套)　謝明義先生(20套)　郭敬恩先生
江清琮先生　莊麗鳳小姐　陳豐惠小姐　王海泉先生
徐炎山總經理　陳宗智總經理　倪仁賢董事長
許慧如老師　簡俊能先生　李芳枝女士　許壹郎先生
杜秀元先生　呂理添先生　張邦彥副理事長
陳富貴先生　林綉華女士　陳煜弦先生　曾雅禎小姐
楊飛龍先生　劉祥仁醫師(2套)　李遠清先生(2套)
林松村先生　陳雪華小姐　陸慶福先生　周定邦先生

陳奕瑋先生　葉文雄先生　黃義忠先生　邱靜雯小姐
徐義鎮先生　褚妏鈺經理　邱秀鈴小姐　蔡文欽先生
謝慧貞小姐　林清祥教授　鄭詩宗醫師　忠義先生
張復聚醫師　陳遠明先生　賴文樹先生　吳富炰博士
王寶根先生　柯巧俐醫師　莊惠平先生　謝樂三先生
王宏源先生　王挺熙先生　蘇柏薰先生　懷仁牙科
陳志瑋先生　洪嘉澤醫師　花致義先生　白正欣先生
林邱秀治女士　李秀鳳小姐　蘇禎山先生(2套)
林麗茹老師　楊典錕先生　蔡松柏先生　邱瑞山先生
陳政崑先生　林本信先生　彭鴻森先生　張賜勇先生
黃麗美小姐　梁燉煌先生　高寶鳳小姐　李文三先生
戴振宏先生　呂明哲先生　李永裕先生　郭峰月女士
黃耀明先生　林鐵城先生　余明道先生　彭森俊先生
林秀清先生　陳福當老師　蔣日盈老師　陳義弘先生
許文彥先生　劉政吉先生　黃玲玲老師　王樺岳先生
蔡彰雅先生　程永和先生　台發國際有限公司
巫凱琳小姐　江淑慧小姐　王春義先生　呂祥雲女士
鄭宗在先生　吳宜靜小姐　徐瑤瑤小姐　羅惠玲小姐
許錦榮先生　黃永駿先生　王朝明先生　林明禮先生
林俊宏董事長　邱文錫先生(10套)　戴瑞民先生
林昭明先生　曾秋富先生　姜佳雄先生　馬勝隆先生
汪嘉原先生　勤拓行　張珍珍女士　張星聚醫師

張文震先生　張渭震醫師　施永和先生　張蘋女士
陳武元先生　黃春記先生　徐健民先生　林朝成牧師
陳坤明先生　鄭曉峰老師　林麗玉老師　李文正議員
楊季珍老師　蕭喻嘉老師　陳金花老師　汪緯斌先生
陳金虎先生　張炳森老師　謝禎博先生　林昭銘先生
丁鳳珍老師　李青青小姐　李維林先生　郭美秀小姐
黃壬勇先生　蘇正玄先生　涂慶信先生　黃秀枝小姐
邱小姐　梁家豐先生　吳新福先生　黃振卿先生
郭文卿先生　李文雄先生　許武偉先生　高澤仁先生
高淑慧小姐　錢秀足小姐　林定緯先生　黃世民先生
洪永叡律師　江鶯鑾小姐　陳榮祥先生　何淑敏小姐
郭進輝先生　蔣鴻麟先生　王藝明先生　林禹先生
陳永鑫先生　鄭書勉女士　鄭明益先生　廖秀齡小姐
多田惠先生　王競雄執行董事　邱儒慧老師(2套)
蔡淑卿小姐　黃晴晏小姐　林桂華小姐　楊啓甫先生
黃月春老師　林煇彬先生　林秀芬小姐　周福南先生
謝金色老師　楊婷婷老師　江先生　李坦坦女士
黃江淑女士　吳仲堯老師　許慧盈小姐　應鳳凰老師
劉嘉淑藝術總監(2套)　于靜元小姐　江澄樹老師
陳邦美小姐　羅富農先生　陳正雄先生　黃伯仲先生
胡寬美小姐　王維熙先生　林晢陽牧師(20套)
許俊嵩先生　許俊偉先生　莊昌善先生　鄭正煜老師

陳惠世牧師　王登科先生　楊文德先生　戴良彬先生
王輝龍先生　陳有信經理　李年登先生　黃正成先生
鄭嘉勝先生　鄭佳毓先生　藍春瑞老師　林美麗小姐
洪媛麗小姐　蔡詠湞先生　洪健斌先生　林裕凱先生
林正雄先生　黃士玲小姐　謝惠貞小姐　簡秋榮先生
蕭平治老師(2套)　陳慕眞小姐　許立昌先生
呂興昌老師　許正輝先生　柯柏榮先生　楊允言老師
梁君慈小姐　陳文傑先生　杜美玉小姐　劉夏荷小姐
溫麗嬌女士(10套)　李智貴先生(10套)　丁文祺先生(20套)
陳清連總經理　周柏雅副議長　蘇壽惠女士
林冠男女士　陳宣霖先生　王雅萍老師　蔡美芳老師
鄭吉棠老師

感謝！

(贊助名單至2013年5月20日止)

徵求2300位(台灣人口萬分之一)
開先鋒、�頭旗的
本土有心有緣人士!

◎「友情贊助」預約全六輯3000元

※大名寶號刊登各輯書前「友情贊助名錄」，永遠歷史留名。

※立即行動：送王育德博士演講CD1片+Freddy、張鈞甯主演《南方紀事之浮世光影》絕版電影書1本(含MP3音樂光碟)

目次

第三輯：田庄浪漫紀事

桌頭按語 /番仔火

一、本冊：《抛荒的故事》，前身爲台文作家 Asia Jilimpo (陳明仁)所寫「教羅漢字版」台語散文故事集《Pha 荒 ê 故事》，改寫爲「台羅漢字版」(書後仍附陳明仁教羅漢字版原著文本，已有台語文閱讀基礎者可直接閱讀)，以故事屬性分輯，配有聲冊型式再出版。分輯篇目請見書後所附《抛荒的故事》有聲出版計畫表。

二、本冊所用台語羅馬字音標符號，依據教育部所公佈之「台灣閩南語羅馬字拼音方案」(簡稱台羅拼音)。其音標標記符號，請參酌書末所附「台灣羅馬字音標符號及例字」，應該是幾小時內就可以學會。

三、本冊所用台語漢字，主要依據教育部「台灣閩南語常用詞辭典」用字，僅有極少部分不明確或有爭議的台音漢字，仍以羅馬字先行標寫，完全不妨礙閱讀連貫性。至於其「正字」或「本字」，期待方家、學者有以教正。

四、本冊顧慮到多數台語文初學者易於進入情況，凡每篇第一次出現的「台語生字」，都盡可能在行文當頁下方標註羅馬音標及中文註解，字音字義對照，一目瞭然。

五、本冊爲「漢羅台語文學」，閱讀先決條件是：1.用台灣話思考；2.學會羅馬字音標。已經定型習慣華文的讀者，初學或許會格格不入，但只要會聽、講台語，腦筋轉一下，反覆拿捏體會練習，自然迎刃而解。

六、本冊另精心製作有聲 CD，用口白唸讀及精緻配樂型態呈現台語文學境界，其口白唸讀和文本文字都一音一字精準對應，初學者可資對照學習。但即使不看文本，光是聽 CD，也可以充分感覺台語的美氣，台灣的鄉土味、人情味，農村社會的在地情景，以及用文學表現出來的故事性、趣味性，的確是一種台語人無比的會心享受。

七、「台語文學」在我們台灣，算是制式教育及主流文壇制約、排擠、蔑視下的純自覺、自發性本土文化智慧產物(你要視爲是一種抵抗體制的反彈，那也有十足的道理)。好在我們已有不少前行代台語文作家屈身帶頭起行了，而且已經有相當可觀的作品成績，只是我們尚未發覺，或根本不想進入罷了，這是極爲可惜的事。

八、身爲一位長年在華文字堆打滾的台灣編輯匠，如今能「讀得到」我們阿公、阿媽、老爸、老母教給我們的家庭、社會話語，能「聽得到」用我們台灣母土語言寫出來的書面文字，實感身心暢快，腦門清明，親近、貼切又實在。也寄語台灣人，台語復興、台文開創運動的時代已經來了，你就是先知先覺的那一位。

其實台語、台文並不困難，開始說、讀、寫就是了。阿門，阿彌陀佛。

Pha-hng ê Kòo-sū

《拋荒的故事》

第三輯：田庄浪漫紀事

原著／Asia Jilimpo (陳明仁)

漢字改寫／蔡詠淯

中文註解／蔡詠淯　陳豐惠　陳明仁

插畫／林晉

(台羅漢字版)

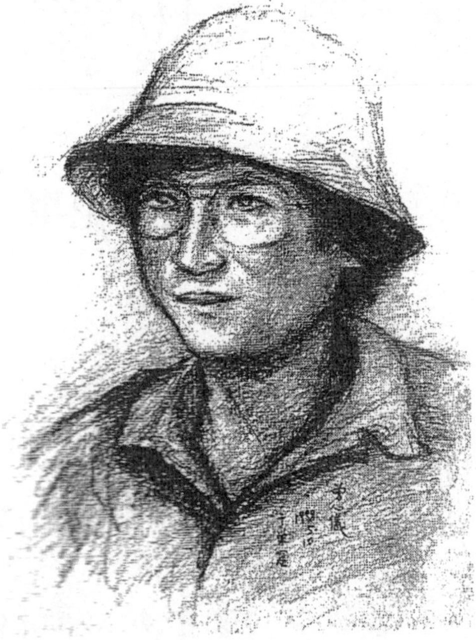

作者畫像素描

「Pha 荒 ê 故事」ê 故事

陳明仁

熟 sāi 台語文界 ê 讀者早就知影，《台文 BONG 報》ta̍k 期 lóng 會刊 1 篇散文小說「Pha 荒 ê 故事」，作者是《BONG 報》ê 總編輯陳明仁。Ùi 幾個所在 thang 知影，第一，文字風格，《台文 BONG 報》ta̍k 期 lóng 有小說，作者 Babuja A. Sidaia，ùi《A-chhûn》這本小說集出版，thang 知影是陳明仁 ê 筆名，「Pha 荒 ê 故事」用詞 kap 語法 lóng kap Babuja 差不多。第二，筆名 Asia Jilimpo，縮寫 A. J.，kap A 仁 kāng 款，koh 真 chē 人知影 A 仁是出世 tī 彰化 ê 二林，古稱二林堡。Asia 會 sái 講是『亞細亞』，m̄-koh 作者真正是 1 個生活上 ê a 舍，厝內事 lóng m̄-bat，kan-taⁿ 趣味 tī 文學生活 niâ，真正是 1 個來自二林 ê『活寶』。第三，tòa 台灣 ê 朋友有機會 tī ta̍k 個禮拜 chái 起時 9 點到 10 點收聽中廣電台播出，節目 ê 名稱是「走 chhōe 台灣」，由雅玲小姐 kap A 仁主持，1 禮拜 A 仁唸 1 篇「Pha 荒 ê 故事」，雅玲負責配故事 ê 背景音樂， koh kap 作者討論作品內涵 kap 價值觀。

我寫這個系列 ê 故事，原本m̄是講jōa有計劃--ê，hit chūn 爲著作者 ê 願，有開 1 間巢窟(Châu-khut)咖啡店，意思是 beh hō͘ 1 kóa tī 台灣這款社會思想 ná 像亂賊、土匪這款人，會 tàng 來行踏 ê 所在；作者 han-bān 經營，這 chūn 都也倒店--a。Hit 時我 1 工有超過 10 點鐘 ê 時間 lóng tī 巢窟，我 ê 工作電腦就 khǹg tī hia，若有熟 sāi 客來，我就 hioh-khùn，kap 人 lim 咖啡、開講、撞球，心情平靜就寫作，想講 beh 爲台語文 ê 散文小說寫出另外 1 種風格，頭 1 篇〈大崙 ê a 太 kap 砂甕〉就是用「巢窟散文」ê 總名 tī《台文 BONG 報》發表。寫到第 5 篇〈沿路 chhiau-chhōe gín-á 時〉，本底 kap 我 tī 中廣做「走 chhōe 台灣」

ê 雅玲建議 tī 電台唸讀，hō 聽眾有機會 ùi 聲音去感受台語文學。就 án-ni 開始，我 1 禮拜寫 1 篇，ta̍k 篇 lóng 控制 tī 差不多字數，起造 1 種講故事兼有散文詩氣味 ê 文體，講是小說，koh 對白講話 khah 少，是爲聲音文學所經營 ê 文學。

講著「Pha 荒 ê 故事」ê 寫作意涵，我是傳統作 sit gín-á，田園 m̄ 作，放 leh 發草，就叫做「pha 荒」。有 1 tè 歌「思念故鄉」，內底有 1 句歌詞是我眞 kah-ì--ê：

為何愛情來拋荒(pha-hng)？

田園無好禮 á 種作、管理，就會 hō pha 荒--去，愛情比田園 koh-khah 敏感，若無斟酌 kā 經營管理，當然 koh-khah 會 hō pha 荒--去。Che 是 kā 具體 ê 用詞意念化，台語文本底講--ê，lóng 是具體、寫實--ê，若 beh 提升做文學語，需要 1 kóa ùi 具體物提煉--來 ê 書面語詞，我就是用這款意念，beh 開發另外 1 種母語文學 ê 寫作風格--ê。Tī《A-chhûn》這本小說、戲劇集，有收 1 篇舞臺劇〈老歲 á 人〉，笑詼笑詼，講實--ê，我是 leh 寫 1 種 pha 荒 ê 價值觀，台灣古典 ê 農業社會有發展 i ka-tī ê 價值，m̄-koh tī 現代社會，生活條件 kap 環境齊(chiâu)改變，價值觀當然有無 kâng，m̄-koh 農業社會 ê 老歲 á 人，in 為著語言 ê 制限，無法 tō 接受現代社會 ê 價值觀，致使傳統 ê 台灣人價值觀念，tī 現此時 ê 社會環境 soah 變做笑話，m̄ 知有 jōa chē 人 leh 看〈老歲 á 人〉這齣舞臺劇演出 ê 時，笑 gah 攬肚臍，我 mā 為著觀眾 kan-taⁿ 笑 niâ，ka-tī leh 流目屎。

價值觀是經過比 phēng--ê，m̄ 是絕對--ê，「Pha 荒 ê 故事」，我 ta̍k 篇 lóng 是用現代做起頭，chiah 講 1 個五〇、六〇年代台灣農業社會 ê 故事，透過故事，kā 本底台灣人所堅持 ê 價值 thе̍h 來做比 phēng，m̄-koh 比 phēng 是讀者讀了 ê khang-khòe，作者無 tī 文學進行中加話。經過比 phēng，lán thang 了解，台灣社會環境kap 生活所 óa 靠 ê 條件提供 lán siáⁿ-mih 價值，造成台灣 siáⁿ-mih 性格，ùi chia，lán thang 理解未來台灣人 tī 傳統 ê 下 kha，lán beh chóa^{n} 建立新 ê 台灣性格，che 是台灣文化 ê 大工事，我 siàu 想 beh 做疊磚 á 角 iah 是 khōng 紅毛塗 ê 地基。

有時 á 我 mā 會跳脫台灣 ê 古早，kap 現代做比 phēng，親像〈離緣〉這篇，hit 時我 ka-tī mā 有婚姻 ê 困境，想著米國作家 mā bat 處理過這款題材，he 是米國人用 in 古典對婚姻 ê 價値觀，hō͘ 讀者做反省--ê，我專工用西方 ê 觀念，來 kap 台灣做 1 個比 phēng，mā hō͘ ka-tī 婚姻問題看會 tàng chhōe 有 kóa 出路--bē。

爲 beh 兼顧散文效果，我講故事 ê 時，有專工寫境、寫情，用口語式 ê 書面語製造 1 種文學情境，kap 中文 ê 文學語無 siá^{n} kāng 款 ê 表達方式，口語 mā 會 tàng 有 súi ê 文學境界，台語文現代 iáu 無眞 chē 書面語 thang 利用，lán 這時需要用口語做地基，chiah 有未來 lán ka-tī 母語 ê 書面語文學。

(〔編按〕以上羅馬字為「教會白話字」系統)

本輯「田庄浪漫紀事」，浪漫是對英文romance來--的，有愛情故事佮編寫的傳奇幾種解說，佇遮是用形容詞romantic，表示想像虛構的愛情傳奇。

〈離緣〉佮〈翕相師傅〉仝一个女主角「蓮治」，讀者檢采想講這个姑娘giȧt-giȧt，會共人「凌治」。作者佇遮透露玄機，我尊tshûn的前輩黃昭堂先生，在生眞疼惜--我，佇日本嘛得著伊的鼓勵創作台語文，伊的夫人「蓮治」是予人感動的台灣女性，我專工共伊的名寫入作品，伊的個性佮故事--裡的蓮治眞無仝。

〈紅襪仔廖添丁〉是記念我國校仔三年的時，導師「袁文」調職，換一个拄對師範學校出業的少年緣投先生，敢若「張文明」這个名，這是我國校頭擺見著眞正的智識青年，眞思慕，可能是囡仔時的我對未知的現代文明的欣羨，任教三個月就去別位矣，毋捌閣見面。

〈戇清--仔買獎券著大獎〉是對作穡囡仔無看見未來，欲予家己有希望，台灣嘛前途困難，毋過袂使失去向望。

〈咖啡物語〉這款日本漢字詞是刁工用--的，這時咻咖啡是全民時行--的，佇拋荒囡仔時代，干焦台語歌有唱--過，是一个戀夢的國度。「物語」是咖啡這款物件的話，嘛日文「浪漫的短歌、俳句」，佮故事傳奇的意思，這篇故事是記念人生一段短短的戀情。

〈山城聽古〉專工虛構男女性格，角色倒反的故事，因爲講話是女性，特別拜託陳豐惠小姐聲音演出，這篇是筆者上蓋「浪漫」的短篇故事。

雅玲小姐的音樂製作眞頂眞、厚工，兩集就身體袂堪--得，這遍拜託錄音師傅小隆鬥相共，祈雅玲身體平安康健。

感謝摯友廖瑞銘閣撥工寫導讀文，文友周定邦佮陳正雄鬥推荐。

希望台灣上少有萬分之一人，2300人支持這套有聲冊。✍

母語、生活、文學夢
《拋荒的故事》第三輯「田庄浪漫紀事」導讀

廖瑞銘
中山醫學大學台灣語文學系教授
兼通識教育中心主任

我們一定聽過「台灣人不會生活」、「台灣沒有文化」的批評，用傳統中國人的角度，再對照今天的台灣社會現況，說實在的，向來缺乏文化主體意識的台灣人一時間很難去辯駁。不過，如果讀過《拋荒的故事》，可就不同了。

《拋荒的故事》表面上看起來，只是台灣50、60年代農村生活圖像的再現，實際上，在讀過每篇雋永的故事後，會讓人不由自主地嚮往回到那個有浪漫情趣生活的年代，讚嘆那一代的台灣人「很會生活」，而「文化」就在生活中流露。第三輯「田庄浪漫紀事」收入了〈離緣〉、〈翕相師傅〉、〈紅襪仔廖添丁〉、〈戇清--仔買獎券著大獎〉、〈咖啡物語〉、〈山城聽古〉等六篇故事，所呈現的就是那個騎鐵馬、喝咖啡、在田園散步捕捉美麗瞬間畫面、抱著無窮希望對獎券、……的年代。

歷史上，台灣是一個典型的移墾社會，早期「羅漢腳」移民能存活、立足下來已經不容易了，根本談不上文化生活。在戰後那個物資缺乏的年代，一般刻板印象也總是認爲台灣人只是追求生活溫飽而已，要懂得生活，等有錢再說吧。可是，幾十年過去了，台灣經濟已經翻好幾番了，也沒看到台灣人比較有文化、懂得生活，日常所看到的、聽到的，盡都是些毫無美感的事物，而大家也都習以爲常。讀了《拋荒的故事》，看阿仁所描寫的那些年、那些事，才驚訝於原來我們台灣人也曾經浪漫過。

那些年、那些浪漫的事

像〈離緣〉中，那個叛逆少女蓮治對於農村生活的細節很好奇，跟阿文哥結婚後，剛開始都會跟著先生阿文上工，坐在牛車上，有說有笑，讓庄裡的人又羨慕又嫉妒。有時候，她也會騎著紅色鐵馬，穿梭在田野小路上，飄逸的身影，不知道羨煞多少人。〈翕相師傅〉中的師傅就說，照相是要「將人對物件的記憶保存在紙上」，不只是人物照，連生活中一些美麗的景象也會忍不住要捕捉下來，像這樣：

> Ùi góan 庄到圳寮 á，量其約 á 是騎40分鐘久，經過差不多半點鐘，有 1 粒崙 á，邊--á 1叢老 chhêng-á，樹 kha 有1間土地公廟 á，1隻牛 hō͘ 人縛 tī hia，bē 得自由去食草，連烏鶖 mā 欺負--i，tī i ê kha-chiah-phiaⁿ 唱歌、放屎。

在〈咖啡物語〉中，說「Tī hit 款 pha 荒 ê 時代，咖啡是1 種文明、1 個戀情、1 個眠夢、1 個遠 tú 天 ê 國度。」而且「咖啡對戀愛應該是眞有力ê物件」。阿仁巧妙地將當時都市年輕人把咖啡帶進農村生活，沖泡的場景和情境細細地描寫下來，與傳統純樸的農村畫面形成對比。

〈山城聽古〉中，「我」去拜訪住在山城埔里的學生朋友，聽他母親述說年輕時的浪漫往事，說跟他先生第一次約會的情景。兩個人都騎著鐵馬去到大肚溪邊渡船頭，先生自己準備料理帶去野餐，帶木頭畫架，叫她當模特兒（Modle），當場在大肚溪邊寫生、畫油畫。還說一些他流浪的故事，唱法國香頌（Siâng Sóng，就是法國港口的情歌）給她聽，而這些都是她所不知道的世界。

浪漫的角色

浪漫的事也要浪漫的人才做得出來。

第三輯裡頭，有幾個浪漫的角色，像〈離緣〉跟〈翁相師傅〉兩篇中的蓮治，是地方上有錢人家雲á舍的小女兒，從小就嬌生慣養：

> 雲á舍一生錢、勢齊全，婚姻美滿，家庭幸福，無siáⁿ事會hō͘ i操煩掛心，kan-taⁿ 1個ban-á cha-bó͘ kiáⁿ蓮治，真kā i lêng-tī。

阿仁很巧妙地連名字都取「凌遲」的諧音，加深這個角色給人刁鑽難纏的印象。長大後，隨興四處學習技藝，卻都是五分鐘熱度，半途而廢。到18歲那年，母親怕她早晚會脫軌出事，催促她早點嫁人，有個歸宿，免得夜長夢多，於是開始託媒人找對象。可是父母介紹的對象，她都不滿意，偏偏喜歡上一個賣麥芽糖的小販，騎她的拉風鐵馬跟著賣麥芽糖的一庄又一庄地四處逛。最後，居然跟父母嗆聲說：

> 你kan-taⁿ知影錢kap地位，無感情是

> beh án-chóa^{n} 做翁 bó？我甘願嫁 sàn 人3頓食糜配菜脯，……看2個 a 嫂嫁來 lán tau，連講話都 m̄ 敢 siu^{n} 大聲，實在可憐，我絕對 m̄ 嫁 hō͘ 好 giàh 人做新婦！

最後，父母「如她的意」，將她嫁給面貌外表、家世經濟種種條件都不起眼的阿文哥，嫁妝只有那台陪她渡過青春時代的紅色鐵馬而已。婚後雖有一些新奇的趣事，不過，因爲她浪漫不拘的行事風格，最後當然是「離緣」（離婚）收場。

〈翕相師傅〉剛開始好像是在說那個照像師傅的故事，看到後來，才發現女主角是〈離緣〉的主角蓮治。那個照相師傅平時是四處外出，去幫大戶人家拍「全家福」照或一般人像照，在業餘生活中也會拍一些風景照。他所從事的工作，在當時算是一種浪漫的職業。

〈咖啡物語〉的芳芳又是另外一種浪漫的角色。她家住彰化市內，和男朋友兩個人是讀屏東農專的都市大學生，雖然讀農專卻從沒有眞正做過農事，所以在臨畢業前，特別來到鄉下地方實習兼做研究，白天工作下來，到晚上就邀請一些農友喝咖啡，請教問題。原本是想要把自己奉獻給土地跟農業，就與男朋友一起相約找一個最隱僻的鄉下地方去發揮他們的理想，像做醫生的『史懷哲』那樣。結果，發現農民對種作的知識比他們懂的更實用，心情受到很大的刺激，她那個男朋友決定要放棄，不想作農。芳芳卻想要堅持理想留下來，罵那個男生沒志氣，把他給氣走。後來，居然嫁給農夫阿雄。

〈山城聽古〉的主角是那個從城裡搬來埔里山城生活的夫婦。女方是彰化人，家裡是專門替人家將稻穀碾成白米的「碾米廠」，兼做米大批發的米店。在當時，算是地方的大企業，家裡有三個哥哥，女生只有她一個，可以說是「千金小姐」。

20歲那年，男方來家裡買米，雙方對上眼。男方家「博濟醫院」是彰化一間大醫院，家裡幾代都是做醫生的，也算是地方上有頭有臉的大戶人家。只是，女方父親看他親自出來買米，負責家務，沒出息，是一個沒志氣、沒有用的人，反對他們來往。其實，他的經歷更具浪漫傳奇：

自細漢 i 就眞 khiáu，眞 gâu 讀冊，in a-pa 想講這個 ban-á 上有前途，beh 好好 kā 栽培，nah 知大 hàn 了後，soah káu-kòai，講 beh 學畫圖、學刻物件。Góan hia 是有人 leh 刻佛 á，m̄-koh 刻1 sian 趁無幾圓。In 老 pē 眞 siū^{n}-khì，講若 m̄ 讀醫科，無，mā tio̍h 讀法科，做律師 iah 是法官，講 m̄ 聽，就無 beh hō͘ i 讀，尾 --á 有落軟，去日本讀法律，nah 知 i 本科 m̄ 好好 á 讀，lóng 去聽藝術 ê 課程。成績 bái，hō͘ 人退學，koh 走去法國流浪，講是學畫，無錢就 kā 厝 --nih 討，in 老母 m̄ 甘，iáu 是會偷寄 hō͘--i。Hit chūn i 實在是 beh 30--a，m̄-koh 看 --起來 ká-ná 少年家 á--leh。In 老 pē 知影做老母 --ê 有寄錢 hō͘ 後生，就 ngī kā 斷掉，beh 逼 i tńg--來。

雖然女方家長反對，最後，還是因爲這個痴情浪漫的男士堅持到底，兩人相約離家出走，到埔里山城展開新生活，女方這樣回憶：

> 有1個暗時，i 偷走來 chhōe--我，講 góan ê 婚姻若 ka-tī m̄ 去爭取，就 bē 有結局，i 無 beh koh tòa 彰化，想 beh 去別位過日，我若肯，就包袱 á 款款--leh，透暝 tòe i 走。我想著 a-pa a 母，實在走 bē 開 kha，流目屎 kā i 拒絕。Hit 暝，我睏 lóng 未去，到半暝，peh--起來，i soah khiā tī 我窗 á 外 ê 樹 á kha 等 kui 暝。

在那個年代，像這種「私奔」的鏡頭很難得看到，實在浪漫得可以。

阿仁的敘事策略

《拋荒的故事》第一版的書封面題爲「散文故事集」，到底是散文或小說？曾經引起一些文類名稱的討論。實際閱讀後，會發現那個爭論有點多餘。因爲阿仁的敘事策略已經超越傳統的單一人稱敘事，而是採取像戲劇中的「戲中戲」的結構，而作者則游移於多層敘事結構之間。

像〈山城聽古〉，開始是「我」敘述到埔里演講後，拜訪一位以前教過的學生，當晚在他家過夜，聽學生的媽媽說她年輕時代的浪漫史，「Koh 來 ê 話是 in a母講--ê。」那句話以後的「我」就換人了。等後面說到學生爸爸的時候，這個「我」又岔開，用「他」（第三人稱）的方式獨立交代男方家的故事（是女方聽來的故事，不是自己「我」的親身經歷）：

> 當然，i 是法國 tńg--來 ê！我看先講 i ê tāi-chì，你聽 khah 有。In tau 本底是漢醫，開漢藥房，到 in 老 pē 就去日本讀醫科，改開西醫，in 2個兄哥 mā lóng 是日本醫科大學卒業--ê，……

講到第一次跟他在大肚溪邊約會，才又回到女方的「我」。最後，敘述到當晚聽古的情形，又回到原來開始的主述者那個「我」：

自頭到尾，in 翁 lóng tiām-tiām tī 邊--á 聽，無 chhap gah 1 句話，…

這是多麼靈活的敘事策略，用「戲中戲」的連環結構增加整個敘事層次的豐富性，也呈現層層揭開謎底的「剝洋蔥」懸疑格局，把簡單的鄉土故事說得像千迴百轉的偵探小說。

這種戲劇手法也出現在〈戇清--仔買獎券著大獎〉，剛開始先提示，說清仔那麼拚是為了可以娶老婆。中間講了很長一段買獎券、對獎的細節，一直到最後，才用簡單的一句話交代結局：

Tī 兵單來 ê 前1 個月，清--á 免聘金就娶著 hit 個賣獎券 ê 姑娘 á。

圓了清仔娶某的夢，也回應了前面佈的局，這種手法充滿戲劇張力。

這篇故事特別從愛國獎券講到『大家樂』見 5 就開獎的方式，是生活，是歷史，也是文化，既有趣又懷舊。還有居然把獎券寄放在獎券行，請小姐幫他對獎，反映當時農村社會的人與人之間的信任。描寫對獎的過程，很有戲劇張力，把時間壓縮到最後一刻，才揭開謎底，加強驚喜的效果。

〈翕相師傅〉後半段處理蓮治與照相師傅的微妙關係，也用了很多的戲劇手法。前面在介紹吳雲的家族成員的時候，就隱約提示還有一個小女兒，很難纏。尤其把照相的過程描寫得很仔細，除了精細交代這個職業細節外，附帶的要突顯那個刁鑽的小姐：

koh 連細漢 cha-bó͘ kiá^n mā 眞 káu 怪，我叫 i khiā khah 入--來，i soah 吐舌、kek 鬼 á 面 hō͘ 我看，幾 nā pái，hip 相師父講笑話弄 ta̍k-ê 笑，等 beh hip--落 a，cha-bó͘ gín-á koh thut 筆，o͘-pe̍h tín 動。雲 á 舍 kā i 笑笑罵講：「蓮治--á，你 mā khah tiā^{n}-tio̍h--leh，án-ni 人 beh án-chóa^{n} hip！」Hit個姑娘 ká-ná m̄驚半人，kāng 款無 lám 無ne，……

這時才透露出她的名字。然後，在回程的路上，蓮治隨後騎鐵馬跟來，師傅想借著讓「我」去買枝仔冰的機會，支開「我」，而蓮治也願意借「我」騎她的鐵馬去買冰。結果後來是蓮治比較熱情，先一步去買枝仔冰回來給他們吃。在吃冰的時候，蓮治跟照相師傅有口角，埋下伏筆。最後，借蓮治說給「我」這個不知情的小鬼聽，才再剝開一層謎底，這裡又是一個「超連結」，說「他」的故事：

I 是 tī 1個同學 in tau hip 相 ê 時去熟 sāi 著這個師父，hit chūn i 感覺這個人 leh hip 相 ê 時會講笑話，tiā^{n}-tio̍h 是真心適 ê 人，想 beh kap i 做朋友，有約去看電影、冰果室、食茶店，幾 pái 了後，soah 無感覺 hit

個師父有 siá^{n} 心適，問 i beh kā 人 hip 相 ê 時，hiah-nī 趣味，普通時 nah 會 lóng bē 講笑？師父講：「我學師 á ê 時，góan 師父有教 góan 1 kóa 笑話，講 tio̍h-ài án-ni，hip 相 chiah 有笑面，hip--出來 ê 相 khah 好看，我也 bē-hiáu 講 siá^{n}-mih 笑話--a。」蓮治對 i ê 感覺 soah 無--去，m̄-koh iáu 是 kā 當做朋友看待，m̄-koh hip 相師父一直愛蓮治嫁--i，ko-ko 纏，纏 bē 煞，蓮治 m̄-chiah kā i 講：「你若好膽，來 góan tau kā góan a-pa 講親 chiâ^{n}。」

原來，去雲仔舍家照相是師傅想去提親的設計。但是，師傅最後還是沒有勇氣提出，無功而返，蓮治因此也就拒絕繼續跟師傅來往。

用這麼迂迴的方式說故事，把謎底壓到最後才揭曉，製造強烈的戲劇張力，幾乎成了阿仁的小說風格，我們還要說他的作品沒有「文學性」嗎？

穿插台灣的歷史文化事實

阿仁除了營造每篇的主題外，會盡量穿插台灣的歷史文化事實，一方面增加故事本身的豐富性，另一方面，也藉所提的歷史文化事實襯托出時代背景，附加價值是以母語保留了傳統產業事實及文化風采。

如〈紅襪仔廖添丁〉，用時髦的美國職棒話題，球隊名「紅襪仔」，連結自己的童年記憶，用無關主題的事物引入主題，有驚喜、懸疑的效果，也可以趁機賣弄作家的博學以及展現台灣人生活的世界性，並不是那麼「鄉土」。又用小時候從不穿襪子的事實來側寫當時的物資缺乏。一開始介紹，富戶人家的女同學移民美國、換一位年輕導師、及後來校長帶另外一位都市轉學來的學生，爸爸是派出所新來的主管等事實，反映了一部分台灣小學校園的變化。

〈戇清--仔買獎券著大獎〉先是夾帶寫作

年代有屏風表演班『長期玩命』系列「空城狀態」的演出事實，順勢引出台灣人瘋獎券的熱潮。還有用清仔娶老婆的例子，側寫那個年代的「婚姻社會經濟學」，跟民間自力救濟儲蓄管道——「民間互助會」。

另外，用獎券對獎日期牽拖出日本時代的「三六九小報」，就是每個月的初 3、初 6 及初 9，13、16、19，23、26、29 都有出報紙，是以文學爲主的迷你刊物。像〈濁水反清清水濁〉，就穿插四舅在西螺溪岸邊跟日本文學家開講文學的畫面，同樣藉機穿插台灣文學史。

文學是生活自然流露，不是裝腔作勢

中國人最自豪的是他們「有文化」，而且博大精深。所以，喜歡招待外賓去故宮博物院看國寶、文物。可是，一走出故宮，又常常被譏笑「沒文化」。到底什麼是「文化」？台灣人的文化展現在哪裡？

其實，文化是一群人在特定的時空中形成

的一種生活方式與態度。中國人把文化說得太偉大，偉大到脫離生活，只剩下抽象的概念。因爲太抽象，變成只是少數精英才能心領神會的玩意兒，在那裡裝腔作勢，於是，一般人自當放棄對生活浪漫的追求，或即使已經在文化生活中，也缺乏自信，不敢定義、不敢承認，將文化當成是貴族們獨享的特權。台灣人在這寶島上生活了幾百年，早已形成自己的文化，只是在外來殖民統治下，被歧視，失去自信，不敢有主體性思考，僅有的文化就一點一滴被侵蝕、流失，眼看就要被中國文化覆蓋、取代。

文化體現在日常生活中，文學是生活的記錄、感情的表達。現代文學所強調的口語與書面語合一，就是希望能書寫出市民的生活經驗及感情，這才完全尊重人性、符合民主精神。向來我們把寫作當做一種特別才藝，文學創作及欣賞是識字階層、有學問的人的專利，以致看輕了自己表達的權利。感情若沒有表達出來，生命是蒼白、鬱卒的；沒有故事的生活如同沒有活過。

文學是生活自然流露，不是裝腔作勢，應該是每一個人的生命、精神糧食。這些年在推動台語文運動，一直是是將語言與文學合在一起強調，保存語言是爲了記錄文化、發展文學，鼓勵母語文學創作與研究是爲了保存語言、發揚語言的美。

我時常在夢想有一天，台灣人可以在生活中有詩、有文學。用文學寫出我們的夢，而這個夢又在我們的生活中實現。

《抛荒的故事》呈現了台灣人的母語、生活、文學以及那個會實現的夢。

離緣

米國短篇小說家 O. Henry(1862-1910)寫過一篇關係翁某[1]欲離婚的故事，講佇[2]中南部的 Tennessee 有一對蹛[3]佇山內的翁仔某[4]，去法院要求欲辦離婚手續，佇法官面前，互相投[5]對方眞害[6]，根本無法度[7]閣[8]生活鬥陣[9]。法官講若確實是雙人的意願，按呢[10]交五箍銀[11]的手續

1 翁某：ang-bóo, 夫妻。
2 佇：tī, 在。
3 蹛：tuà, 住。
4 翁仔某：ang-á-bóo, 夫妻。
5 投：tâu, 投訴、告狀、打小報告。
6 害：hāi, 糟糕、壞。
7 無法度：bô huat-tōo, 沒法子、沒輒、沒辦法。
8 閣：koh, 又、再。
9 鬥陣：tàu-tīn, 一起、結伴、偕同。

料[12]，就會使[13]開一張正式官方的離婚文件予[14]--in[15]。做翁婿[16]--的總財產拄好[17]是一張皺 phè-phè[18] 五箍的銀票，就交予法官。In[19]某[20]講結婚十外冬[21]，這時無地去[22]，檢采[23]就去閣較[24]深山遐[25]，倚靠伊[26]的大兄過日，毋過[27]欲行

10 按呢：án-ni, 這樣、如此。
11 五箍銀：gōo khoo gîn, 五塊錢。
12 料：liāu, 代金、代價。
13 會使：ē-sái, 可以、能夠。
14 予：hōo, 給、給予。
15 in：他們。
16 翁婿：ang-sài, 夫婿、丈夫。
17 拄好：tú-hó, 剛好、湊巧。
18 皺 phè-phè：jiâu-phè-phè, 皺巴巴。
19 in：第三人稱所有格，他的。
20 某：bóo, 妻子、太太、老婆。
21 十外冬：tsa̍p guā tang, 十多年。
22 無地去：bô tè khì, 無處可去。
23 檢采：kiám-tshái, 也許、如果、可能、說不定。
24 閣較：koh-khah, 更加。
25 遐：hia, 那裡。
26 伊：i, 她、他、牠、它，第三人稱單數代名詞。
27 毋過：m̄-koh, 不過、但是。

遐[28]遠的路途，應該愛[29]有一雙鞋仔通[30]穿，嘛[31]順紲[32]買一領外衫，伊共[33]法官要求 in 翁[34]愛予伊五箍銀做離婚後的補貼。執法者認爲這是公道的請求，命令翁婿著[35]閣提出補貼金予 in 某。查埔[36]--的講伊無半仙[37]--矣[38]，若明仔再[39]，凡勢[40]伊會當[41]窮[42]出這筆錢。法官講離婚文件先囥[43]遮[44]，聽候伊當面付出五箍，才有

---

[28] 遐：hiah, 那麼。
[29] 愛：ài, 要、必須。
[30] 通：thang, 可以。
[31] 嘛：mā, 也。
[32] 順紲：sūn-suà, 順便、順帶、趁便。
[33] 共：kā, 跟、向。
[34] 翁：ang, 夫婿、丈夫。
[35] 著：tio̍h, 得、要、必須。
[36] 查埔：tsa-poo, 男性。
[37] 半仙：puànn sián, 半分錢。仙：sián, 錢的單位。
[38] --矣：--ah, 語尾助詞，表示完成或新事實發生。
[39] 明仔再：bîn-á-tsài, 明天。
[40] 凡勢：huān-sè, 也許、說不定、可能。
[41] 會當：ē-tàng, 可以。
[42] 窮：khîng, 籌、盡量搜集。
[43] 囥：khǹg, 放置。

算手續完備。執法者爲著今仔日[45]有五箍的收入，下班的時心情歡喜，殊不知中途拄著[46]搶匪，共[47]彼五箍劫--去。

翻轉工[48]，彼[49]對翁某誠實[50]閣來，in佇城內朋友兜[51]暫居一暝[52]niâ[53]。翁婿當法官的面扲[54]出一張皺phè-phè的五箍銀票出--來，交 in 某，法官嘛共文件發予--in。翁某相辭[55]的時，某驚[56]翁一寡[57]生活細節袂曉[58]，交代伊眞濟[59]

44 遮：tsia, 這裡。
45 今仔日：kin-á-ji̍t, 今天。
46 拄著；tú-tio̍h, 遇到。
47 共：kā, 把、將。
48 翻轉工：huan-tńg-kang, 隔日、翌日。
49 彼：hit, 那。
50 誠實：tsiânn-si̍t, 果眞、果然、著實、確實。
51 兜：tau, 家。
52 暝：mî, 夜、晚。
53 niâ：而已。
54 扲：jîm, 掏。
55 相辭：sio-sî, 告別、告辭、拜辭、辭行。
56 驚：kiann, 怕、害怕。
57 一寡：tsi̍t-kuá, 一些。
58 袂曉：bē-hiáu, 不懂、不會。

日常雜事，講到尾，才知兩人攏[60]是咧[61]講氣話，根本攏無真正想欲[62]離婚。法官警告講 in 這時毋是[63]法定的翁某關係，若閣蹛做夥，會違法，尾手[64]，in 某閣共彼[65]張五箍的紙票[66]交--出-來，做辦結婚手續的料金。彼對翁某才歡喜轉去[67]內山。

這是一篇阿啄仔[68]古典的離婚故事，假使你袂[69]佮意[70]，無要緊，我會使閣講另外一个[71]台灣的古[72]，彼[73]仝款[74]是田庄翁某的離婚事

59 濟：tsē, 多。
60 攏：lóng, 都。
61 咧：teh, 在、正在。
62 欲：beh, 要、想，表示意願。
63 毋是：m̄ sī, 不是。
64 尾手：bué-tshiú, 後來。
65 彼：hit, 那。
66 紙票：tsuá-phiò, 紙鈔、紙幣、鈔票。
67 轉去：tńg-khì, 回去。
68 阿啄仔：a-tok-á, 西洋人。
69 袂：bē, 不。
70 佮意：kah-ì, 中意、喜歡、滿意。
71 个：ê, 個。

件，毋過台語共「離婚」叫做「離緣」，就是「無緣」了後[75]，閣著愛[76]離開「生活環境的一切」。離緣是兩个人的代誌[77]，這對翁某毋是社會有啥物[78]名聲的人，逐个[79]猶[80]無蓋[81]熟似，我應該先共[82] in 介紹--一-下。

你敢[83]捌[84]聽過圳寮仔這个所在？凡勢你知，毋過無的確[85]就是我欲講--的這个庄頭[86]，

[72] 古：kóo, 故事。
[73] 彼：he, 那個。
[74] 仝款：kāng-khuán, 一樣。
[75] 了後：liáu-āu, 之後。
[76] 著愛：tio̍h-ài, 得。
[77] 代誌：tāi-tsì, 事情。
[78] 啥物：siánn-mih, 什麼。
[79] 逐个：ta̍k ê, 每個、各個。
[80] 猶：iáu, 還。
[81] 蓋：kài, 十分、非常。
[82] 共：kā, 給；幫。
[83] 敢：kám, 疑問副詞，提問問句。
[84] 捌：bat, 曾。
[85] 無的確：bô-tik-khak, 說不定、不一定、也許。
[86] 庄頭：tsng-thâu, 村子、村落。

台灣仝款地號名[87]--的是滿四界[88]，我講的圳寮仔是雲仔舍蹛的彼庄。你毋捌[89]雲仔舍？吳雲是對[90]日本時代就做保正的紳仕，爲著尊tshûn[91]--伊，攏叫伊雲仔舍。雲仔舍一生錢、勢齊全，婚姻美滿，家庭幸福，無啥事會予[92]伊操煩掛心，干焦[93]一个尪仔[94]查某囝[95]蓮治，眞共伊凌治[96]。

雲仔舍三个後生[97]攏眞有出脫[98]，栽培去日本讀冊，未來毋是醫生就是辯護士[99]，這个

---

87 地號名：tē-hō-miâ, 地名。
88 滿四界：muá-sì-kè, 到處、遍地、四處都是。
89 毋捌：m̄ bat, 不認識。
90 對：ùi, 從、由。
91 尊 tshûn：tsun-tshûn, 尊重、敬重。
92 予：hōo, 讓。
93 干焦：kan-tann, 只有、僅僅。
94 尪仔：ban-á, 老么。
95 查某囝：tsa-bóo-kiánn, 女兒。
96 凌治：lîng-tī, 折騰、折磨。
97 後生：hāu-senn, 兒子。
98 出脫：tshut-thuat, 出息、成就。
99 辯護士：piān-hōo-sū, 律師。

蓮治毋知出世的時辰沖煞著啥物，眞僫[100]教示[101]，自細漢[102]就愛耍[103]，讀冊是揹冊揹仔[104]綴 sōm[105]--的，國校[106]出業[107]了後，同學招[108]去學剃頭，厝--裡[109]本底[110]是無允准，毋過蓮治自來也倖[111]甲傷[112]嬌，愛風就風，講雨就欲有雨，無隨在[113]伊去也袂直[114]。學萬般工夫攏著三年四個月才會出師，剃頭嘛仝款，蓮治頭

---

100 僫：oh, 困難。
101 教示：kà-sī, 管教、教養、訓示。
102 細漢：sè-hàn, 小時候。
103 耍：sńg, 玩。
104 冊揹仔：tsheh-phāinn-á, 書包。
105 綴 sōm ：tuè sōm, 跟屁蟲、亦步亦趨。
106 國校：kok-hāu, 國民學校，簡稱國校。
107 出業：tshut-gia̍p, 畢業，由日文「卒(tsut)業」轉音。
108 招：tsio, 邀。
109 厝--裡：tshù--nih, 家裡。
110 本底：pún-té, 本來、原本。
111 倖：sīng, 溺愛、寵愛、縱容。
112 傷：siunn, 太、過於。
113 隨在：sûi-tsāi, 聽憑、任由、任憑。
114 袂直：bē-ti̍t, 沒完沒了。

--仔興興，尾--仔冷冷[115]，幾工[116]心適興[117]過了，愈想愈無趣味，師父閣共伊講：

「學剃頭毋是親像[118]你想--的遐簡單，一支刀利劍劍[119]捎[120]佇手--裡，人客[121]共面[122]佮[123]規[124]粒頭殼交予--你，無用心斟酌欲哪[125]會使。」

蓮治無彼款[126]耐性，無到一個月就落跑，轉去食家己[127]。這个姑娘仔佇彼个時代來講，

[115] 頭--仔興興，尾--仔冷冷：thâu--á hìng-hìng, bué--á líng-líng, 三分鐘熱度、虎頭蛇尾。

[116] 幾工：kuí kang, 幾天。

[117] 心適興：sim-sik-hìng, 來勁、感興趣、興之所至。

[118] 親像：tshin-tshiūnn, 好像、好比。

[119] 利劍劍：lāi-kiàm-kiàm, 尖銳、銳利、鋒利。

[120] 捎：sa, 抓取、拿。

[121] 人客：lâng-kheh, 客人。

[122] 面：bīn, 臉。

[123] 佮：kap, 和、與。

[124] 規：kui, 整個。

[125] 欲哪：beh-nah, 詰問如何。

[126] 彼款：hit khuán, 那種。

[127] 家己：ka-tī, 自己。

會使講是傷過活跳[128]，騎一台紅記記[129]的鐵馬四界[130]去，無一个時閒。嘛去學裁縫做洋裝、百貨店做店員、戲台賣票顧口兼顧鐵馬、綴[131]戲班去欲學歌仔戲，會使講人若招就去，無所不至，無一途工夫學有出師上手--的。佳哉[132]厝--裡無欠伊鬥[133]趁錢[134]，雲仔舍也就準[135]青盲[136]臭耳[137]，據在[138]伊心適興去舞。目一下nih[139]，都也十八歲--矣，愈大漢煞[140]愈媠[141]，

[128] 活跳：uåh-thiàu, 活潑、活躍。
[129] 紅記記：âng-kì-kì, 紅咚咚。
[130] 四界：sì-kè, 四處、到處。
[131] 綴：tuè, 跟、隨。
[132] 佳哉：ka-tsài, 好在、幸虧、幸好。
[133] 鬥：tàu, 幫忙。
[134] 趁錢：thàn-tsînn, 賺錢。
[135] 準：tsún, 當成、當做。
[136] 青盲：tshinn-mî, 失明、瞎眼。
[137] 臭耳：tshàu-hīnn, 聽障、耳聾。
[138] 據在：kù-tsāi, 任由、任憑。
[139] 目一下 nih：båk tsit-ē nih, 一剎那、一瞬間、一眨眼。
[140] 煞：suah, 竟然。
[141] 媠：suí, 美、漂亮。

附近一寡少年仔若胡蠅[142]想欲唊臭粒仔[143]，行跤到[144]的所在就綴咧颺颺飛[145]。老母煩惱查某囝緊早慢[146]會予[147]人拐--去，做出啥物見笑代[148]，想講寧可較早嫁嫁--咧[149]，凡勢做人的新婦較會定著[150]。雲仔舍有伊的社會行情，目頭生成[151]會較懸[152]，按算[153]欲共查某囝做予門風較相當--的，講--是富上添富，貴閣較貴，總--是嘛為蓮治的幸福設想。

哪知蓮治煞去佮意著一个賣麥芽糖的販

142 胡蠅：hôo-sîn, 蒼蠅。
143 粒仔：lia̍p-á, 膿包、癤子。
144 行跤到：kiânn-kha-kàu, 走動、到訪。
145 颺颺飛：iānn-iānn-pue, 四處飛舞。
146 緊早慢：kín-tsá-bān, 早晚、遲早。
147 予：hōo, 被；讓。
148 見笑代：kiàn-siàu-tāi, 丟人現眼的事情。
149 --咧：--leh, 置於句末，用以加強語氣。
150 定著：tiānn-tio̍h, 穩重、穩定。
151 生成：sinn-sîng, 天生。
152 目頭懸：ba̍k-thâu kuân, 眼高於頂、眼光很高、勢利眼。
153 按算：àn-sǹg, 預期、估計、打算。

仔，騎伊的奅[154]鐵馬綴賣麥芽糖--的一庄一庄玲瑯踅[155]。雲仔舍替伊揣[156]的囝婿[157]條件眞好，伊就是無愛，千共勸都[158]袂翻車[159]，閣應喙應舌[160]講：

「你干焦知影[161]錢佮地位，無感情是欲按怎[162]做翁某？我甘願嫁散人[163]三頓食糜配菜脯[164]，才無咧計較好額散[165]--咧。你若有影[166]遐佮意，袂曉你家己嫁！看兩个阿嫂嫁來咱[167]

---

[154] 奅：phānn, 摩登、時髦。
[155] 玲瑯踅：lin-long-se̍h, 團團轉、四處遊蕩。
[156] 揣：tshuē, 找、尋找。
[157] 囝婿：kiánn-sài, 女婿。
[158] 千…都…：sian… to… , 無論怎樣都…。來自日文。
[159] 翻車：huan-tshia, 省悟、醒悟。
[160] 應喙應舌：ìn-tshuì-ìn-tsi̍h, 頂嘴、頂撞。
[161] 知影：tsai-iánn, 知道。
[162] 按怎：án-tsuánn, 怎麼樣。
[163] 散人：sàn-lâng, 窮人。
[164] 菜脯：tshài-póo, 蘿蔔乾。
[165] 好額散：hó-gia̍h-sàn, 富有還是貧窮。
[166] 有影：ū-iánn, 的確、眞的。
[167] 咱：lán, 我們, 包括聽話者。

兜[168]，連講話都毋敢傷大聲，實在可憐，我絕對毋嫁予好額人做新婦[169]！」

到尾[170]，老爸感心[171]，下重話講：

「共你安排一條好好路你毋行，愛死免驚無鬼通做，規氣[172]共你嫁予一个上[173]散上毋成樣[174]--的，看你會後悔--袂？」

查某囝煞應[175]講：「嫁較散--的嘛贏你彼个少爺。」

佮圳寮仔比--起-來，竹圍仔這个庄名應該閣較普遍，我講--的這庄離圳寮仔差不多騎鐵馬四十分鐘久，算--起-來是仝[176]縣無仝鄉鎮。竹圍仔較單純，無親像雲仔舍這款大粒人物，

---

[168] 兜：tau, 家。
[169] 新婦：sin-pū, 媳婦。
[170] 到尾：kàu bué, 到最後。
[171] 感心：tsheh-sim, 痛心、心寒、一怒之下、一氣之下。
[172] 規氣：kui-khì, 乾脆。
[173] 上：siōng, 最。
[174] 毋成樣：m̄-tsiânn-iūnn, 不像樣、不像話。
[175] 應：ìn, 回答、應答。
[176] 仝：kāng, 相同。

054 《拋荒的故事》

毋過嘛有像阿文--哥這款怪人。

阿文--哥 in 兜穡[177]作少，才三分捅[178]地，算 sòng-hiong 人[179]，伊大部分的時攏會揣空揣縫[180]加減[181]趁[182]寡[183]補貼家用。彼時的庄跤[184]欲揣會趁錢的工是眞缺，播田[185]、挲草[186]、割稻仔攏是逐个相放伴[187]，無錢通趁，極加[188]是共人駛田[189]、拖甘蔗，步步攏著倚靠牛，人佮牛的關係眞親，若講著阿文--哥的日子，佮伊

[177] 穡：sit, 稼穡、農事。
[178] 捅：thóng, 數目超過、多出來。
[179] sòng-hiong 人：sòng-hiong-lâng, 貧民、窮人。
[180] 揣空揣縫：tshuē-khang-tshuē-phāng, 不停地找可乘的機會。
[181] 加減：ke-kiám, 多多少少。
[182] 趁：thàn, 賺。
[183] 寡：kuá, 一些、若干。
[184] 庄跤：tsng-kha, 鄉下。
[185] 播田：pòo-tshân, 插秧。
[186] 挲草：so-tsháu, 跪在稻田裡以手除草。
[187] 相放伴：sio-pàng-phuānn, 互相輪換、互相協助。
[188] 極加：ki̍k-ke, 最多、頂多。
[189] 駛田：sái-tshân, 耕田。

的牛是無啥精差[190]，做暝做日，比牛較忝[191]。我聽厝邊講著阿文，攏是笑笑講「彼隻牛」。

庄跤人較早嫁娶，阿文歲頭[192]食到二十外，猶閣[193]做羅漢跤[194]，毋是 in 兜田作少散 tsiah[195]，彼陣[196]顛倒[197]是田大片--的咧偲娶有某，佇無時行[198]自由戀愛的時代，攏是媒人婆--仔鬥相報，了後安排男女「對看」，這馬[199]的話叫做「相親」。阿文人範[200]瘦閣薄板[201]，閣生做[202]猴猴--仔[203]，若欲予姑娘仔「看」會

---

[190] 精差：tsing-tsha, 差別、差異、不同。
[191] 忝：thiám, 累、疲倦。
[192] 歲頭：huè-thâu, 歲數、年紀。
[193] 猶閣：iáu-koh, 還、依然、仍舊。
[194] 羅漢跤：lô-hàn-kha, 單身漢、王老五。
[195] 散 tsiah：sàn-tsiah, 貧困。
[196] 彼陣：hit-tsūn, 那時候。
[197] 顛倒：tian-tò, 反而。
[198] 時行：sî-kiânn, 流行、盛行。
[199] 這馬：tsit-má, 現在。
[200] 人範：lâng-pān, 人品、長相。
[201] 瘦閣薄板：sán koh po̍h-pán, 骨瘦如柴。
[202] 生做：sinn-tsuè, 長得。

佮意，有較費氣[204]。雲仔舍爲欲嚇查某囝蓮治，專工[205]拜託庄內的媒人婆--仔揣一个較歹看頭[206]的查埔人[207]，這个阿文拄好有合格，叫蓮治家己去竹圍仔庄看，講若毋聽老爸的話，規氣就共嫁予阿文。彼時，蓮治對彼个賣麥芽膏--的拄[208] uan-na[209] 無趣味--矣，紲喙[210]就應講：

「免看，嫁 siáng[211] 攏好。」

阿文娶著雲仔舍的千金小姐蓮治是附近幾若个[212]庄頭上大條的新聞，眞濟原本就咧佮意

---

203 猴猴--仔：kâu-kâu--á, 人長得瘦黑難看，就像猴子一樣。

204 費氣：hùi-khì, 費事、費勁。

205 專工：tsuan-kang, 特地、專程。

206 歹看頭：pháinn-khuànn-thâu, 難看。

207 查埔人：tsa-poo-lâng, 男人。

208 拄：tú, 才剛；剛巧。

209 uan-na：也。

210 紲喙：suà-tshuì, 順口。

211 siáng：誰、甚麼人，啥人 (siánn-lâng) 的合音。

212 幾若个：kúi-nā ê, 好幾個。

蓮治的少年家仔[213]煞攏咧怨嘆爸仔母共家己生傷緣投[214]，厝--裡嘛傷濟田園，才會失去這个機會。嘛有人目空赤[215]，尻川後[216]閒話講「婧某僫顧」，這个妖嬌的蓮治緊早慢會討契兄[217]綴人走，到時，阿文嘛是閣無某無猴[218]，猴山仔[219]變烏龜[220]。

雲仔舍無收阿文的聘金，嘛無佮[221]嫁妝予蓮治，看會著--的干焦彼台陪伊青春時代的紅鐵馬仔 niâ。結婚了，阿文 in 爸母原本蹛正身[222]，為欲予這个好額人新婦有較好的房，專工讓--出來，兩公婆仔搬去蹛另外搭的 iap

---

213 少年家仔：siàu-liân-ke-á, 小伙子、少年人。
214 緣投：ian-tâu, 英俊。
215 目空赤：ba̍k-khang-tshiah, 眼紅、嫉妒。
216 尻川後：kha-tshng-āu, 背後、背地裡。
217 討契兄：thó khè-hiann, 偷男人、偷漢子。
218 無某無猴：bô-bóo-bô-kâu, 孤家寡人、無妻無室。
219 猴山仔：kâu-san-á, 猴子。
220 烏龜：oo-kui, 指戴綠帽。
221 佮：kah, 附帶。
222 正身：tsiànn-sin, 正房。

仔[223]，看著新婦無啥嫁妝，煞有寡反悔。

蓮治嫁予阿文，講--來伊嘛是親像較早[224]學師仔[225]按呢的心情，感覺心適興，頭幾工歡喜歡喜，無論啥物代誌都欲問甲一个眞[226]，阿文去做工課[227]嘛攏欲綴伊去，佇竹圍仔庄，定定[228]看著伊坐佇阿文--哥的牛車頂，佮伊有講有笑，有時，也紅鐵馬騎--咧，田野小路傱來傱去[229]，庄--裡的人這陣才感覺阿文--哥實在是猴人行猴運，自來庄--裡猶無人娶過遮爾[230]奅的新娘。

過差不多成[231]個月，佇一个有出月娘的半暝[232]，蓮治家己騎鐵馬轉去後頭厝[233]，in 阿母

223 iap 仔：iap-á, 正身房外加搭的小房間。
224 較早：khah-tsá, 以前。
225 學師仔：o̍h sai-á, 當學徒。
226 問甲一个眞：mn̄g kah tsit ê tsin, 打破砂鍋問到底。
227 工課：khang-khuè, 工作,「功課」的白話音。
228 定定：tiānn-tiānn, 常常。
229 傱來傱去：tsông lâi tsông khì, 跑來跑去。
230 遮爾：tsiah-nī, 這麼、多麼。
231 成：tsiânn, 將近、約。

感覺怪奇，自伊嫁出門，爲著雲仔舍猶咧受氣[234]，連頭轉客[235]都無來去，哪會[236]這時家己轉--來，敢會發生啥物代誌。蓮治講是無欲閣去竹圍仔阿文 in 兜--矣，伊欲換閣蹛厝--裡。

翻轉工透早[237]，阿文就揣來到圳寮仔，講欲 tshuā[238] in某轉--去，這時，雲仔舍無關心嘛袂使--得[239]，共兩个少年人叫來問，看是啥代誌咧冤家[240]哪會舞甲[241]這款形。蓮治講阿文欺負--伊，伊絕對無欲閣蹛 in 兜。問伊按怎共[242]--伊，閣面紅紅講袂出喙。尾手，共 in 兩个分開問，由雲仔舍問囝婿，阿母問查某囝，

---

232 半暝：puànn-mî, 半夜、午夜、子夜。
233 後頭厝：āu-thâu-tshù, 娘家。
234 受氣：siūnn-khì, 生氣、動氣。
235 頭轉客：thâu-tńg-kheh, 回門、歸寧。
236 哪會：nah-ē, 怎麼會。
237 透早：thàu-tsá, 一早、大清早。
238 tshuā：帶領、引導。
239 袂使--得：bē-sái--tit, 不行、不可以。
240 冤家：uan-ke, 吵架、爭吵。
241 舞甲：bú kah, 搞得。
242 共：kāng, 欺負、騷擾。

才知蓮治毋知結婚眞正的意義，共婚姻當做較早去學師仔按呢，暗時[243]無愛佮翁婿睏做夥[244]。阿文體貼蓮治拄新婚的少女，都也無傷共勉強，規個月攏舒被[245]睏[246]塗跤[247]，共眠床讓新娘睏，昨暝[248]，睏到半暝，想講代誌無起一个頭嘛袂使，就 peh[249] 起眠床欲攬[250]新娘，哪知蓮治著驚[251]，隨[252]拚咧 lōng[253]。

雲仔舍這時才知查某囝猶閣囡仔性[254]，怪 in 某這个做老母--的，在來[255]無教，莫怪[256]

---

243 暗時：àm-sî, 晚上。
244 做夥：tsò-hué, 一起。
245 舒被：tshu-phuē, 鋪棉被。
246 睏：khùn, 睡。
247 塗跤：thôo-kha, 地面、地上。
248 昨暝：tsa-mî, 昨晚。
249 peh：起身。
250 攬：lám, 摟抱、擁抱。
251 著驚：tio̍h-kiann, 受驚嚇、害怕、驚慌。
252 隨：sûi, 立刻、立即。
253 拚咧 lōng：piànn leh lōng, 使勁狂奔。
254 囡仔性：gín-á-sìng, 孩子氣、稚氣未脫。
255 在來：tsāi-lâi, 一向、向來、從來。

婚姻的義務都毋知，兩翁某攏勸蓮治愛綴阿文轉--去，伊是人兜的新婦--矣，做後頭[257]--的嘛無法度。蓮治講毋就是毋，若阿文欲佮伊睏做夥，伊死都毋去 in 兜--矣。

代誌到遮來--矣，雲仔舍頭殼 mooh 咧燒[258]，閣猶是毋甘[259]這个毋知世事的查某囝，就叫阿文先轉--去，講欲寬寬仔[260]勸蓮治。

這个婚姻的結局猶是無成，雲仔舍用兩分土地予阿文，共伊會失禮[261]賠罪，雙方辦離緣。阿文--哥本底是毋願，毋過歸尾[262]猶是古意人[263]，想講上無[264]彼段日子，佮蓮治嘛過甲眞快樂，雖罔[265]無做過眞正的翁某，上少嘛算

256 莫怪：bo̍k-kuài, 難怪、怪不得、無怪乎。
257 後頭：āu-thâu, 娘家。
258 頭殼 mooh 咧燒：thâu-khak mooh leh sio, 焦頭爛額。
259 毋甘：m̄-kam, 捨不得、不忍。
260 寬寬仔：khuann-khuann-á, 慢慢地。
261 會失禮：huē sit-lé, 賠禮、道歉、賠罪。
262 歸尾：kui-bué, 到頭來、最後。
263 古意人：kóo-ì-lâng, 老實人。
264 上無：siōng-bô, 至少、起碼、最少。

是好朋友，就答應--矣。

蓮治尾--仔嘛有嫁--人，彼是閣過三年的代誌，聽講是家己自由戀愛的一个國民學校的先生。帖仔閣放予阿文，阿文毋捌字，去問厝邊。人共伊講：

「你彼个離緣的某欲結婚--矣，放帖仔[266]來。」

阿文應人講：「阮[267]毋是離緣，阮是無翁某緣！」

聽講阿文眞正有去食新娘酒，蓮治看著伊眞歡喜，牽伊去坐貴賓桌，就當做上好的朋友按呢款待。

照老一輩--的講，阿文是竹圍仔庄頭一个離過緣的人。

265 雖罔：sui-bóng，雖然。
266 放帖仔：pàng-thiap-á，發帖子。
267 阮：guán，我們，不包括聽話者。

翕相[1]師傅

阮[2] i--仔[3]來台北，提[4]一張舊甲[5]反黃[6]的相片予[7]我看；一个[8]生做[9]膨皮[10]、好笑神[11]，眞古錐[12]的查埔囡仔[13]坐佇[14]一條[15]有半圓邊的竹篾

---

1 翕相：hip-siòng, 照相。
2 阮：guán, 我的，第一人稱所有格。
3 i--仔：i--á, 平埔族稱呼母親。
4 提：the̍h, 拿。
5 甲：kah, 到，到……的程度。
6 反黃：huán-n̂g, 舊得泛黃。
7 予：hōo, 給、給予。
8 个：ê, 個。
9 生做：sinn-tsuè, 長得。
10 膨皮：phòng-phuê, 胖胖的。
11 好笑神：hó-tshiò-sîn, 笑容滿面。
12 古錐：kóo-tsui, 可愛。
13 查埔囡仔：tsa-poo gín-á, 男孩子。

仔[16]椅仔內，邊--仔[17]徛[18]一个青春的媠[19]姑娘，相片當然是烏白--的，毋過[20]彼个[21]姑娘的喙脣[22]閣[23]有胭脂[24]點甲紅記記[25]。I--仔講彼个點胭脂的美女就是伊[26]，啊看--起-來真得人疼[27]的紅嬰仔[28]就是我！

有影[29]是世事多變化，是啥物[30]環境予[31]一

---

14 佇：tī, 在。
15 條：liâu, 量詞，細長物的單位。
16 竹箆仔：tik-bih-á, 削薄的竹片。
17 邊--仔：pinn--á, 旁邊。
18 徛：khiā, 站。
19 媠：suí, 美、漂亮。
20 毋過：m̄-koh, 不過、但是。
21 彼个：hit ê, 那個。
22 喙脣：tshuì-tûn, 嘴脣。
23 閣：koh, 還、又、再加上。
24 胭脂：ian-tsi, 口紅。
25 紅記記：âng-kì-kì, 紅咚咚。
26 伊：i, 她、他、牠、它，第三人稱單數代名詞。
27 得人疼：tit-lâng-thiànn, 討喜、討人喜歡、討人喜愛。
28 紅嬰仔：âng-enn-á, 嬰兒。
29 有影：ū-iánn, 的確、真的。
30 啥物：siánn-mih, 什麼。

个膨皮好笑神的幼囝變做瘦卑巴[32]憂頭結面[33]的中年人？四十五年的青春，阮 i--仔欲[34]共[35] siáng[36] 討？我問講相片內底[37]的胭脂敢[38]是阮阿 i[39] 家己[40]愛婧點--起-lih[41]-的？I--仔講翕相彼工[42] i 有點胭脂，翕--出-來的相片當然嘛[43]有胭脂。阮 i--仔無受過教育，真偎[44]共伊解說烏白佮彩色相片的代誌[45]，毋過我想著[46]彼[47]胭脂應該是

[31] 予：hōo, 讓。
[32] 瘦卑巴：sán-pi-pa, 骨瘦嶙峋。
[33] 憂頭結面：iu-thâu-kat-bīn, 愁眉苦臉、愁容滿面。
[34] 欲：beh, 要、想，表示意願。
[35] 共：kā, 跟、向。
[36] siáng：誰、甚麼人，啥人 (siánn-lâng) 的合音。
[37] 內底：lāi-té, 裡面。
[38] 敢：kám, 疑問副詞，提問問句。
[39] 阿 i：平埔族稱呼母親。
[40] 家己：ka-tī, 自己。
[41] 起 -lih：khí-lih, 上去。在此讀輕聲。
[42] 彼工：hit kang, 那一天。
[43] 嘛：mā, 也。
[44] 偎：oh, 困難。
[45] 代誌：tāi-tsì, 事情。
[46] 想著：siūnn-tio̍h, 想到。著：tio̍h, 到，動詞補語，表示

翕相師傅相片洗了才點--起-lih-的。

阮[48]有一个阿叔佇戲園做辯士[49]，彼是阮舅公傳予--伊的工夫，伊捌[50] tshuā[51]一个朋友來阮兜[52]過暝[53]，彼个人客[54]就是一个專門咧[55]共[56]人翕相的師傅。我彼時猶未[57]入國民學校，對師傅紮[58]--來的兩箱仔家私[59]眞有趣味，佇日頭跤[60]，看伊一項一項提出來拭。我問伊各種

動作之結果。

47 彼：he, 那個。

48 阮：gún, 我。

49 辯士：piān-sū, 在無聲電影的時代, 放映時有一人於機房, 說明劇情和臺詞, 稱之為「辯士」。

50 捌：bat, 曾。

51 tshuā：帶領、引導。

52 兜：tau, 家。

53 過暝：kè-mî, 過夜。

54 人客：lâng-kheh, 客人。

55 咧：leh, 在。

56 共：kā, 給；幫。

57 猶未：iáu-bē, 還沒。

58 紮：tsah, 攜帶。

59 家私：ke-si, 工具、器具、道具。

60 日頭跤：jit-thâu kha, 太陽下。

這陣[61]想--來真譀[62]的問題，親像[63]「翁相欲創啥[64]？」「翁相佮[65]照鏡有啥無仝款[66]？」「敢著[67]用遐[68]濟[69]家私才會當[70]翁？」「是欲按怎[71]翁？」這款[72]問題問袂了[73]，檢采[74]是佇阮兜咧做人客，伊攏[75]真頂真[76]共我解說。詳細--的我無啥[77]會記--得，干焦[78]會記得伊講：

---

[61] 這陣：tsit-tsūn, 這時候。
[62] 譀：hàm, 離譜、誇張、荒唐。
[63] 親像：tshin-tshiūnn, 好像、好比。
[64] 創啥：tshòng siánn, 幹麼。
[65] 佮：kap, 和、與。
[66] 仝款：kāng-khuán, 一樣。
[67] 著：tio̍h, 得、要、必須。
[68] 遐：hiah, 那麼。
[69] 濟：tsē, 多。
[70] 會當：ē-tàng, 可以。
[71] 按怎：án-tsuánn, 怎麼樣。
[72] 這款：tsit khuán, 這種。
[73] 問袂了：mn̄g buē liáu, 問不完。
[74] 檢采：kiám-tshái, 也許、如果、可能、說不定。
[75] 攏：lóng, 都。
[76] 頂真：tíng-tsin, 仔細、認真、嚴謹。
[77] 無啥：bô-siánn, 不太。

「欲共人對物件的記智[79]保存佇紙頂。」

到這時，我猶[80]真欽服伊遮[81]好的應話[82]。尾--仔[83]伊講明仔再[84]隔幾庄有人欲倩[85]伊去翕相，我若有趣味，會當綴[86]--去，兼做伊的助手，伊會買一枝枝仔冰[87]予--我，算講是我的工錢。

欲去圳寮仔的路--裡，我替伊揹一跤[88]講是「貯閣鏡頭的細跤箱仔」，伊騎鐵馬，我坐後斗[89]行李架。沿路攏有樹仔，鳥仔 tsiuh-tsiuh

---

78 干焦：kan-tann, 只有、僅僅。
79 記智：kì-tì, 記憶、記性。
80 猶：iáu, 還。
81 遮：tsiah, 這麼地。
82 應話：ìn-uē, 回話、答話。
83 尾--仔：bé--á, 最後、後來。
84 明仔再：bîn-á-tsài, 明天。
85 倩：tshiànn, 聘僱、僱用。
86 綴：tuè, 跟、隨。
87 枝仔冰：ki-á-ping, 冰棒。
88 跤：kha, 只。計算鞋子、戒指、皮箱等物的單位。
89 後斗：āu-táu, 後面。

叫[90]。翁相師那[91]踏鐵馬那呼噓仔[92]抑是[93]唱歌，曲調我攏眞熟似，毋過彼時我猶毋捌[94]歌名。對[95]阮庄到圳寮仔量其約仔[96]是騎四十分鐘久，經過差不多半點鐘[97]，有一粒[98]崙仔[99]，邊--仔一欉[100]老榕仔，樹跤有一間土地公廟仔，一隻牛予[101]人縛[102]佇遐[103]，袂得自由去食草，連烏鶖[104]嘛欺負--伊，佇伊的尻脊骿[105]唱

---

[90] tsiuh-tsiuh 叫：tsiuh-tsiuh-kiò, 擬聲詞，鳥叫聲。
[91] 那……那……：ná…… ná…… ，一邊……一邊……。
[92] 呼噓仔：khoo-si-á, 吹口哨。
[93] 抑是：iah-sī, 或是。
[94] 捌：bat, 認識。
[95] 對：ùi, 從、由。
[96] 量其約仔：liōng-kî-iok-á, 大約。
[97] 點鐘：tiám-tsing, 小時、鐘頭。
[98] 粒：liap, 量詞，計算球體、塊狀物、山等單位。
[99] 崙仔：lūn-á, 丘陵、山崗、小山丘。
[100] 欉：tsâng, 量詞，棵。
[101] 予：hōo, 被。
[102] 縛：pak, 綁。
[103] 遐：hia, 那裡。
[104] 烏鶖：oo-tshiu, 大卷尾。
[105] 尻脊骿：kha-tsiah-phiann, 背脊、背部。

歌、放屎。師傅共鐵馬插--起-來，緊[106]組翕相機，欲翕。我問講：

「也無半个人，你欲翕啥？無人提錢倩你翕這--啦！」

師傅那翕那笑笑應[107]講：「是我家己倩我翕--的，你看，畫面遮爾[108]媠，無共這款記智留--落-來[109]，敢毋是真拍損[110]？」

我佇庄跤[111]慣勢[112]，這款看真濟--矣[113]，也無感覺有啥媠，這時陣[114]想--起-來，彼个翕相師傅是都市俗[115]。

彼工是圳寮仔的頭人——人稱呼做「雲仔

---

106 緊：kín, 快、迅速。
107 應：ìn, 回答、應答。
108 遮爾：tsiah-nī, 多麼、這麼。
109 留--落-來：lâu--lòh-lâi, 留下來。
110 拍損：phah-sńg, 可惜、浪費。
111 庄跤：tsng-kha, 鄉下。
112 慣勢：kuàn-sì, 習慣。
113 --矣：--ah, 語尾助詞，表示完成或新事實發生。
114 時陣：sî-tsūn, 時候。
115 都市俗：too-tshī-sông, 戲稱住在城市，因不常來鄉村而見識不廣的人。

舍」的吳雲倩伊去翕相--的，伊的細漢[116]後生[117]佇日本讀醫學，轉來[118] tshit 迌[119]，閣 tshuā 一个日本姑娘仔做伴，講是伊的未婚妻。雲仔舍欲翕幾張仔相做記念，順紲[120]做家庭議量[121]。台灣庄跤差不多攏會有一戶較好額[122]的厝宅[123]，阮庄是做鎮民代表彼口灶[124]，圳寮仔雲仔舍毋但[125]厝宅有牆圍仔[126]，厝閣是西洋式的疊樓仔[127]，彼是我頭擺[128]看著樓仔厝[129]，紅磚仔配

---

116 細漢：sè-hàn, 排行最小的。
117 後生：hāu-senn, 兒子。
118 轉來：tńg-lâi, 回來。
119 tshit 迌：tshit-thô, 玩、遊玩。
120 順紲：sūn-suà, 順便、趁便。
121 議量：gī-niū, 消遣。可以打發時間的。
122 好額：hó-gia̍h, 有錢、富裕。
123 厝宅：tshù-the̍h, 宅第。
124 口灶：kháu-tsàu, 戶、家。
125 毋但：m̄-tānn, 不只、不光。
126 牆圍仔：tshiûnn-uî-á, 圍牆。
127 疊樓仔：tha̍h-lâu-á, 傳統民宅在護龍部位垂直增建的西洋式洋樓。
128 頭擺：thâu-pái, 第一次。
129 樓仔厝：lâu-á-tshù, 樓房、洋房。

黃瓦厝[130]頂，佇翠青的樹林內，看--起-來奇怪奇怪，毋過若翕相應該有特別的氣味才著[131]。

雲仔舍坐佇厝前樹仔跤泡茶等--阮[132]，應該講是等翕相師傅。主人問師傅講我是毋是 in[133] 後生，我袂曉[134]應，覕喙[135]笑。師傅眞正式共伊應講：

「這个是我的助手！」

「失敬！」雲仔舍緊叫厝內人捧茶請--阮，閣特別提日本糖仔餅予我食，包餅的玻璃紙有夠婧，我共彼幾張玻璃紙保存足[136]久，閣四界[137]去展寶[138]予囡仔伴[139]看。捧茶的小姐穿

---

130 瓦厝：hiā-tshù, 瓦房。
131 著：tio̍h, 對。
132 阮：guán, 我們，不包括聽話者。
133 in：第三人稱所有格，他的。
134 袂曉：bē-hiáu, 不懂、不會。
135 覕喙：bih-tshuì, 抿嘴。
136 足：tsiok, 非常。
137 四界：sì-kè, 四處、到處。
138 展寶：tián-pó, 獻寶、炫耀、誇耀。
139 囡仔伴：gín-á-phuānn, 童年玩伴。

插[140]眞時行[141]，攏是我在來[142]佇庄跤毋捌看--過-的，彼工我有影[143]一箍癮頭癮頭[144]，倯[145]甲有賰[146]，這款助手有較落氣[147]。主人介紹講是伊的第二新婦[148]，有醫生牌，毋過厝--裡[149]無欠伊鬥趁錢[150]，就無予伊去病院上班。

雲仔舍有三个後生，頭兩个攏咧做醫生，佇附近的員林開醫生館，細漢後生猶未出業。閣有一个查某囝[151]，伊就無講咧創啥[152]。規家

140 穿插：tshīng-tshah, 穿著。
141 時行：sî-kiânn, 流行、時髦。
142 在來：tsāi-lâi, 向來。
143 有影：ū-iánn, 的確、眞的。
144 一箍癮頭癮頭：tsit khoo giàn-thâu giàn-thâu, 傻楞楞一個。箍：khoo, 計算人的單位, 貶意。
145 倯：sông, 俗氣、土氣。
146 賰：tshun, 剩下。
147 落氣：làu-khuì, 漏氣、洩氣。
148 新婦：sin-pū, 媳婦。
149 厝--裡：tshù--nih, 家裡。
150 鬥趁錢：tàu thàn-tsînn, 幫忙賺錢。
151 查某囝：tsa-bóo-kiánn, 女兒。
152 創啥：tshòng siánn, 幹麼。

夥仔[153]有十二个人，老--的佮少年--的三對翁某[154]，細漢後生、查某囝，閣彼个穿洋裝的日本姑娘，九个大人，三个囡仔，一男一女是大漢--的[155]生--的，另外彼个當然就是捧茶彼个新婦的囝。佇厝邊的花園 in[156] 翕眞濟相片，翕相師傅眞厲害，啥人[157]無看鏡頭，抑是頭鬃[158]亂--去，伊攏知，叫我共[159]伊鬥通知 in 整[160]予好。我嘛眞無閒，三个囡仔都咧無一个時閒--啊，閣連細漢查某囝嘛眞狡怪[161]，我叫伊徛較入--來，伊煞[162]吐舌、激鬼仔面[163]予我看，

---

[153] 規家夥仔：kui-ke-hué-á, 全家、一家人。
[154] 翁某：ang-bóo, 夫妻。
[155] 大漢--的：tuā-hàn--ê, 年長的。
[156] in：他們。
[157] 啥人：siánn-lâng, 誰、什麼人。
[158] 頭鬃：thâu-tsang, 頭髮。
[159] 共：kā, 幫。
[160] 整：tsiánn, 白話音，用在直接動詞。
[161] 狡怪：káu-kuài, 調皮、好與人作對。
[162] 煞：suah, 竟然。
[163] 激鬼仔面：kik kuí-á-bīn, 扮鬼臉。

幾若擺[164]，翕相師傅講笑話弄逐个[165]笑，等欲[166]翕--落-矣，查某囡仔閣脫箠[167]，烏白[168]振動[169]。雲仔舍共伊笑笑罵講：

「蓮治--仔，你嘛較定著[170]--咧[171]，按呢[172]人欲按怎翕！」

彼个姑娘敢若[173]毋驚[174]半人，仝款無攬無拈[175]，大概是嬌慣勢--矣。師傅嘛真 gâu[176]，攏會掠[177]時間翕，舞[178]欲兩點鐘久，也是翕十外

164 幾若擺：kúi-nā pái, 好幾次。
165 逐个：ta̍k ê, 每個、各個。
166 欲：beh, 將要、快要。
167 脫箠：thut-tshê, 出狀況、出紕漏。
168 烏白：oo-pe̍h, 胡亂、隨便。
169 振動：tín-tāng, 移動、搖動。
170 定著：tiānn-tio̍h, 穩重、穩定。
171 --咧：--leh, 置於句末，用以加強語氣。
172 按呢：án-ni, án-ne, 這樣、如此。
173 敢若：kánn-ná, 好像。
174 毋驚：m̄ kiann, 不怕。
175 無攬無拈：bô-lám-bô-ne, 有氣無力的、無精打采。
176 gâu：善於、能幹。
177 掠：lia̍h, 略估、抓。
178 舞：bú, 折騰、忙著做某件事。

組相片。

翻頭[179]欲轉--來[180]，閣來到崙仔邊大榕仔跤，牛無佇遐--矣，師傅閣共鐵馬 tshāi--起-來[181]。我問講欲閣翕啥物，伊笑笑講：

「騎了忝[182]，小歇--一-下！」

今[183]嘛才騎十分鐘久 niâ[184]，按呢就忝？我拄[185]咧疑問，就有一陣鐵馬鈃仔[186]聲咧響，一台紅的鐵馬仔倚[187]--來，騎的人是彼个眞皮的姑娘仔蓮治！伊共我招呼講：

「上[188]有範[189]的助手先生！」

---

179 翻頭：huan-thâu, 回頭、回來。
180 轉--來：tńg--lâi, 回來。
181 tshāi--起-來：tshāi--khí-lâi, 立起來。
182 忝：thiám, 累、疲倦。
183 今：tann, 現在、如今。
184 niâ：而已。
185 拄：tú, 剛、方才。
186 鈃仔：giang-á, 鈴鐺。
187 倚：uá, 靠近。
188 上：siōng, 最。
189 有範：ū pān, 有氣勢，架勢十足。。

我毋捌佮這款姑娘接接[190]--過，毋知欲按怎應話，師傅看我愣佇遐，提一箍銀[191]予--我，講山崙閣過，有一間 kám 仔店[192]，遐有咧賣枝仔冰，叫我家己去買，行路[193]應該才一、二十分鐘久就到。我一个細漢[194]囡仔毋捌出門，小可仔[195]膽膽[196]，蓮治姑娘講伊的紅鐵馬會使[197]借我騎。我煞歹勢[198]歹勢，彼陣[199]，我猶袂曉騎鐵馬--咧。尾--仔，師傅猶是載我去買，蓮治騎足雄[200]佇頭前 tshuā 路[201]的款

---

190 接接：tsih-tsiap, 打交道、接觸。
191 一箍銀：tsit khoo gîn, 一塊錢。
192 kám 仔店：kám-á-tiàm, 雜貨店，販賣日常零星用品的店鋪。
193 行路：kiânn-lōo, 走路。
194 細漢：sè-hàn, 年幼。
195 小可仔：sió-khuá-á, 稍微。
196 膽膽：tám-tám, 怕怕的、怯生生。
197 會使：ē-sái, 可以、能夠。
198 歹勢：pháinn-sè, 不好意思。
199 彼陣：hit-tsūn, 那時候。
200 雄：hiông, 急速。
201 tshuā 路：tshuā-lōo, 帶路、領路。

勢[202]，伊穿長花仔裙騎紅鐵馬，佇青青的田岸仔路[203]，眞媠，我想講「這敢毋是嘛是一幅會當保存的媠光景？」師傅敢若無注意--著，也無欲翕相。

阮猶未騎到位[204]，蓮治就買枝仔冰騎倒轉[205]--來-矣，伊買足濟枝，用芋仔葉包--咧，阮閣轉去[206]彼間土地公廟仔的樹仔跤食，in 兩个顧[207]講話，我 tshú 食[208]，也無咧聽 in 講啥物。

我食三枝冰了，才感覺 in 兩个敢若有口角，講話聲嗽[209]無遐好，我想講無我的代誌，在來我食的枝仔冰攏無紅豆，這款--的一枝愛[210]五角銀，我欲哪[211]買會倒。尾--仔，翕相

---

202 款勢：khuán-sì, 樣子、姿態、架勢。
203 田岸仔路：tshân-huānn-á-lōo, 田埂、阡陌、田間小道。
204 到位：kàu-uī, 到達、抵達。
205 倒轉：tò-tńg, 回頭、返回。
206 轉去：tńg-khì, 回去。
207 顧：kòo, 只顧。
208 tshú 食：tshú-tsiah, 貪圖吃。
209 聲嗽：siann-sàu, 口氣。

師傅講伊欲轉去家己的厝，蓮治會載我轉去阮兜，拜託我共阮厝--裡的人說多謝，目箍[212]紅紅就走--矣。

蓮治無隨[213]載我轉[214]，佇樹仔跤講 in 的代誌予我聽，大概伊生本[215]就愛講話予人聽，也無計較我一个猴囡仔[216]毋知聽有抑無。凡勢[217]就是想講我毋捌世事才講來予家己敨[218]心氣--的。

伊是佇一个同學 in 兜翕相的時去熟似著這个師傅，彼陣伊感覺這个人咧翕相的時會講笑話，定著[219]是眞心適[220]的人，想欲佮伊做朋

210 愛：ài, 要、必須。
211 欲哪：beh-nah, 詰問如何。
212 目箍：ba̍k-khoo, 眼眶。
213 隨：suî, 立刻、立即。
214 轉：tńg, 返回。
215 生本：sinn-pún, 本來、原本。
216 猴囡仔：kâu-gín-á, 小鬼頭、小蘿蔔頭。
217 凡勢：huān-sè, 也許、說不定、可能。
218 敨：tháu, 解開、打開。
219 定著：tiānn-tio̍h, 必定、一定、肯定。
220 心適：sim-sik, 有趣、風趣。

友，有約去看電影、冰果室、食茶店，幾擺了後[221]，煞無感覺彼个師傅有啥心適，問伊欲共人翕相的時，遐爾[222]趣味，普通時哪會[223]攏袂講笑？師傅講：

「我學師仔[224]的時，阮師傅有教阮一寡[225]笑話，講著愛[226]按呢，翕相才有笑面[227]，翕--出-來的相較好看，我也袂曉講啥物笑話--啊。」

蓮治對伊的感覺煞無--去，毋過猶是共當做朋友看待，翕相師傅一直愛蓮治嫁--伊，膏膏纏[228]，纏袂煞[229]，蓮治毋才[230]共伊講：

---

[221] 了後：liáu-āu, 之後。
[222] 遐爾：hiah-nī, 那麼。
[223] 哪會：nah-ē, 怎麼會。
[224] 學師仔：o̍h sai-á, 當學徒。
[225] 一寡：tsi̍t-kuá, 一些。
[226] 著愛：tio̍h-ài, 得。
[227] 笑面：tshiò-bīn, 笑容。
[228] 膏膏纏：ko-ko-tînn, 糾纏不清。
[229] 煞：suah, 結束、停止。
[230] 毋才：m̄-tsiah, 才。

「你若好膽[231]，來阮兜共阮阿爸講親情[232]。」

就是按呢，蓮治趁 in 細漢阿兄對日本轉--來，鼓吹阿爸翕相做記念，予伊一个機會通[233]開喙[234]講親情，結局，師傅猶是毋敢講。蓮治拄才[235]要求伊後擺[236]若無啥代誌毋通閣來，朋友原在[237]，婚姻莫[238]講。

彼工我枝仔冰一睏[239]食七枝，轉--去腹肚痛，幾若工攏袂食飯，阮 i--仔共我罵，毋過我無後悔，一改[240]食七枝愛開[241]五角才買有的枝

---

[231] 好膽：hó-tánn, 有種、膽大、大膽。
[232] 講親情：講 tshin-tsiânn, 提親。
[233] 通：thang, 可以。
[234] 開喙：khui-tshuì, 開口、啓齒。
[235] 拄才：tú-tsiah, 剛才、適才。
[236] 後擺：āu-pái, 以後。
[237] 原在：guân-tsāi, 仍然、仍舊。
[238] 莫：mài, 勿、別、不要。
[239] 一睏：tsit-khùn, 一會兒、一下子。
[240] 改：kái, 計算次數的單位。
[241] 開：khai, 花費。

仔冰，這世人[242]毋知猶閣有機會--無，而且，我褲袋仔內揗[243]著一箍銀，才想著彼是翕相師傅袂記得共我討--轉-去-的。我有一箍[244]呢！

---

242 這世人：tsit-sì-lâng, 這輩子。
243 揗：jîm, 掏。
244 箍：khoo, 元，計算金錢的單位。

咖啡物語(Monogatari)

又閣[1]一日，佮[2]伊[3]行入[4]一間小茶房，
雙人對坐，滿面春風，咖啡味清芳，
彼時[5]伊也有講起結婚的事項，
予[6]阮[7]一時，想著歹勢[8]，見笑[9]面[10]煞[11]紅

——滿面春風

---

1 又閣：iū-koh, 又、又再。
2 佮：kap, 和、與。
3 伊：i, 他、她、牠、它，第三人稱單數代名詞。
4 行入：kiânn-ji̍p, 走入。
5 彼時：hit-sî, 當時、那時候。
6 予：hōo, 讓。
7 阮：gún, 我，多爲女性自稱。
8 歹勢：pháinn-sè, 不好意思。
9 見笑：kiàn-siàu, 害羞、害臊、怕羞。
10 面：bīn, 臉。
11 煞：suah, 竟然。

去 Hawaii 參加台語文會議，佇[12] Waikiki 看著遐[13]的查某[14]衫 Muu-muu 色彩佮形攏[15]真合我一个[16]朋友穿，就買一領[17]轉來[18]欲[19]予[20]--伊。轉--來，約伊佇咖啡廳見面欲交伊物件[21]，拄[22]入--去，朋友佇遐咧[23]等--矣[24]，看著[25]我來，就注文[26]一甌[27]燒咖啡欲予--我。

---

[12] 佇：tī, 在。
[13] 遐：hia, 那裡。
[14] 查某：tsa-bóo, 女性。
[15] 攏：lóng, 都。
[16] 个：ê, 個。
[17] 領：niá, 量詞，計算衣著、蓆子或被子等的單位。
[18] 轉來：tńg-lâi, 回來。
[19] 欲：beh, 要、想，表示意願。
[20] 予：hōo, 給、給予。
[21] 物件：mi̍h-kiānn, 東西。
[22] 拄：tú, 才剛、剛。
[23] 咧：teh, 在、正在。
[24] --矣：--ah, 語尾助詞，表示完成或新事實發生。
[25] 看著：thuànn-tio̍h, 看到。著：tio̍h, 到，動詞補語，表示動作之結果。
[26] 注文：tsù-bûn, 訂購。
[27] 甌：au, 量詞，杯。

咖啡是現代真普遍的的飲料，啉[28]的款式嘛[29]足[30]濟[31]，我雖罔[32]是作家，總--是，佇生活的部分真保守，若有人欲請我食飯，無看著飯我會真失望。去一間賣食的所在[33]，我頭擺[34]若食啥物[35]閣來[36]就攏袂[37]換。去咖啡廳就是欲食咖啡--的，咖啡當然是燒--的，奇奇怪怪的咖啡我攏袂想欲試看覓[38]--咧[39]。真濟好朋友攏真知影[40]我的個性，也袂感覺稀奇。

我熟似的朋友內底[41]，無啉咖啡會死--的

[28] 啉：lim, 喝、飲。
[29] 嘛：mā, 也。
[30] 足：tsiok, 非常。
[31] 濟：tsē, 多。
[32] 雖罔：sui-bóng, 雖然。
[33] 所在：sóo-tsāi, 地方。
[34] 頭擺：thâu-pái, 第一次。
[35] 啥物：siánn-mih, 什麼。
[36] 閣來：koh-lâi, 再來、後來、接下去。
[37] 袂：bē, 不會。
[38] 看覓：khuànn-māi, 看看。
[39] --咧：--leh, 置於句末，用以加強語氣。
[40] 知影：tsai-iánn, 知道。

敢若[42]也有--寡[43]，我毋知 in[44] 有啥物較特別的歷史背景--無，我家己[45]是有緣故--的，人講「戇人[46]才會爲著[47]欲啉牛奶去飼一隻奶牛」，我爲著興[48]啉咖啡專工[49]經營一間「巢窟咖啡店」，頇顢[50]做生理[51]，都也做倒--去-矣，這毋是這篇「咖啡物語」欲講--的。

自做囡仔[52]起就足愛聽俗唱台語歌，文夏有一塊歌「路頂的小姐」，講欲招小姐去茶房，一杯咖啡啉了有時會開戀花。閣[53]有另外

---

41 內底：lāi-té, 裡面。
42 敢若：kánn-ná, 好像。
43 寡：kuá, 一些、若干。
44 in：他們。
45 家己：ka-tī, 自己。
46 戇人：gōng-lâng, 呆子、笨蛋、傻瓜。
47 爲著：ūi-tio̍h, 爲了。
48 興：hìng, 喜好、喜歡、嗜好、愛好。
49 專工：tsuan-kang, 特地、特別。
50 頇顢：han-bān, 笨拙、不善。
51 生理：sing-lí, 生意。
52 做囡仔：tsò-gín-á, 孩提、幼時。
53 閣：koh, 又、再、還。

一塊「紅燈青燈」講若佮愛人結婚了後[54]，會當[55]蹛[56] a-phah-tooh[57]，窗邊栽紅花盆，籠內飼鳥仔，早頓[58]啉咖啡，雞卵泡牛奶，這敢[59]毋是新婚的空夢--咧？這款[60]夢毋是男性專利--的，「滿面春風」彼[61]塊歌是用「女性觀點」寫--的，第二 pha[62] 的歌詞講「又閣一日，佮伊行入一間小茶房，雙人對坐，滿面春風，咖啡味清芳。」照按呢[63]共[64]聽--起-來，咖啡對戀愛應該是眞有力的物件，這就是我欲講「咖啡物語」的一个重要的基礎。

---

54 了後：liáu-āu, 之後。
55 會當：ē-tàng, 可以。
56 蹛：tuà, 住。
57 a-phah-tooh：公寓。
58 早頓：tsái-tǹg, 早餐。
59 敢：kám, 疑問副詞，提問問句。
60 這款：tsit khuán, 這種。
61 彼：hit, 那。
62 pha：量詞,（文章的分）部。
63 按呢：án-ni, án-ne, 這樣、如此。
64 共：kā, 把、將。

佇彼款[65]抛荒[66]的時代，咖啡是一種文明、一个戀情、一个眠夢[67]、一个遠拄[68]天的國度。歌是定定[69]咧聽，毋過[70]咖啡生做[71]啥款形--的，圓--的、四角--的？紅--的抑是[72]烏--的？我連一寡[73]概念都無，一直到阿雄 in[74] 兜[75]蹛彼兩个人客[76]的時陣[77]……。

阿雄干焦[78]一个作穡人[79] niâ[80]，無啥物較

---

65 彼款：hit khuán, 那種。

66 抛荒：pha-hng, 荒蕪。

67 眠夢：bîn-bāng, 睡夢、作夢。

68 拄：tú, 頂、碰到。

69 定定：tiānn-tiānn, 常常。

70 毋過：m̄-koh, 不過、但是。

71 生做：sinn-tsuè, 長得。

72 抑是：iah-sī, 或是。

73 一寡：tsit-kuá, 一些。

74 in：第三人稱所有格，他的。

75 兜：tau, 家。

76 人客：lâng-kheh, 客人。

77 時陣：sî-tsūn, 時候。

78 干焦：kan-tann, 只有、僅僅。

79 作穡人：tsoh-sit-lâng, 農人。

80 niâ：而已。

特別，哪會當娶著芳芳？到這時我猶[81]咧疑問。會記得庄--裡風聲講有兩个人欲來鬥[82]做工課[83]，是都市來的少年人，看啥人厝--裡[84]有空房，會當予[85] in 蹛，in 會無條件共[86]人鬥做工。過幾工[87]，就看著兩个奇怪的人去佇阿雄的田--裡，查埔[88]--的面白白，穿 khah-khih[89] 衫仔褲，查某--的面紅紅，白衫烏裙，真普通的學生服。In 一人紮[90]一本簿仔，煞那[91]做工課那寫字，毋知咧記啥物？彼暗，拄食飽，阿雄來招阿爸去 in 兜，講是學生拜託--的。

---

81 猶：iáu, 還。
82 鬥：tàu, 幫忙。
83 工課：khang-khuè, 工作,「功課」的白話音。
84 厝--裡：tshù--nih, 家裡。
85 予：hōo, 讓；給。
86 共：kā, 給；幫。
87 幾工：kuí kang, 幾天。
88 查埔：tsa-poo, 男性。
89 khah-khih：卡其布，一種土黃色斜紋布。
90 紮：tsah, 攜帶。
91 那……那……：ná…… ná…… , 一邊……一邊……。

In 佇阿雄的門口埕[92]排桌仔佮椅仔，真工夫[93]，閣有攢[94]糖仔餅佇桌頂欲請--人，了後，彼个都市查某學生問逐个[95]講欲泡茶抑是咖啡？我聽一下掣一趒[96]，in 有咖啡？真正有咖啡？我想講是流行歌仔咧騙--人的物件，閣真正有這款物！彼个查某囡仔用真清彩[97]的口氣問--人，敢若是無啥稀罕的款！彼暗我無啉著咖啡，in 遐的大人攏毋知啥咖啡，干焦講欲食茶就好，我囡仔人[98]有耳無喙[99]，毋敢加[100]話。

In 兩个是農專的學生，拄欲出業[101]，專工來庄跤[102]所在實習兼做研究，讀農專毋過毋

---

[92] 門口埕：mn̂g-kháu-tiânn, 前庭、前院。
[93] 工夫：kang-hu, 周到。
[94] 攢：tshuân, 準備。
[95] 逐个：ta̍k ê, 每個、各個。
[96] 掣一趒：tshuah tsi̍t tiô, 嚇一大跳。
[97] 清彩：tshìn-tshái, 隨便。
[98] 囡仔人：gín-á-lâng, 小孩子家。
[99] 有耳無喙：ū hīnn bô tshuì, 准聽不准說。
[100] 加：ke, 多。
[101] 出業：tshut-gia̍p, 畢業，由日文「卒(tsut)業」轉音。
[102] 庄跤：tsng-kha, 鄉下。

捌[103]眞正作過農，這兩工做寡工課了後，有一寡問題欲請教眞正的作穡人，才著[104]請逐个來。In 問的問題攏眞好笑，按怎[105]知影當時[106]愛[107] phuànn 水[108]？水著淹到偌[109]滇[110]才有夠額[111]？薅[112]稗仔[113]的時愛按怎認才袂薅毋著[114]，連稻仔都薅--去？作穡人聽一下煞愣--去，毋知欲按怎應[115]，對遮[116]的人來講，這都親像[117]日頭到早起[118]時會出--來，暗時會落--

103 毋捌：m̄ bat, 不曾。
104 著：tio̍h, 得、要、必須。
105 按怎：án-tsuánn, 怎麼樣。
106 當時：tang-sî, 哪時、何時、什麼時候。
107 愛：ài, 要、必須。
108 phuànn 水：phuànn-tsuí, 水田進水。
109 偌：juā, 多麼。
110 滇：tīnn, 滿、盈滿。
111 夠額：kàu-gia̍h, 充足、足夠。
112 薅：khau, 連根拔起。
113 稗仔：phuē-á, 稗子，田間雜草，外形似水稻。
114 毋著：m̄-tio̍h, 不對、錯誤。
115 應：ìn, 回答、應答。
116 遮：tsia, 這裡。
117 親像：tshin-tshiūnn, 好像、好比。

去[119]按呢，眞自然的代誌[120]。人腹肚枵[121]就是愛食飯，有偌濟[122]通[123]食就食偌濟，這欲怎樣解說？

隔一暝[124]，阿雄無閣來叫阿爸，我家己閣趨去[125] in 兜，門口埕尾暗暗，我毋敢入--去。星有微微仔光，迵[126]到 in 門喙[127]的路仔有一排燈籃仔花[128]，敢若有人影的款[129]，看斟酌[130]，就是彼个查某學生，伊嘛看著我，行倚[131]--

118 早起：tsái-khí, 早上。
119 落 -- 去：lo̍h--khì, 下去。
120 代誌：tāi-tsì, 事情。
121 腹肚枵：pak-tóo iau, 肚子餓。
122 偌濟：juā-tsē, 多少。
123 通：thang, 可以。
124 暝：mî, 夜、晚。
125 趨去：tshu khì, 溜去。
126 迵：thàng, 通、通達。
127 門喙：mn̂g-tshùi, 門口。
128 燈籃仔花：ting-nâ-á hue, 燈籠花。
129 款：khuán, 樣子。
130 斟酌：tsim-tsiok, 仔細、注意。
131 倚：uá, 靠近。

來，問我食飽--未，閣問我的名，讀幾年--的-矣？我照實共[132]講，伊呵咾[133]我眞巧[134]，請我入去 in 蹛的所在，講欲請我食糖仔。我無看著另外彼个學生，伊講出去散步，閣來，就無閣講彼个查埔學生的代誌。

起好膽共伊講想欲啉咖啡，毋知會使[135]--袂？伊講照理應該袂使[136]，彼[137]毋是囡仔[138]啉的物件，若啉一屑仔[139]是無啥要緊才著[140]。我問伊講是毋是囡仔人猶袂使佮人戀愛，才會袂使啉咖啡？伊好玄[141]問我哪會[142]按呢講，我講咖啡是會予戀愛變好的物件，親像台語歌

132 共：kā, 跟、向。
133 呵咾：o-ló, 讚美、稱讚。
134 巧：khiáu, 聰明、機靈、靈光。
135 會使：ē-sái, 可以、能夠。
136 袂使：bē-sái, 不可以。
137 彼：he, 那個。
138 囡仔：gín-á, 小孩子。
139 一屑仔：tsit-sut-á, 一點兒、一點點。
140 著：tio̍h, 對。
141 好玄：hònn-hiân, 好奇。
142 哪會：nah-ē, 怎麼會。

所唱--的按呢，伊毋知有這款歌，嘛毋知這款代誌，毋過伊足愛啉咖啡是有影[143]--的。我共幾塊有講著咖啡的歌唱予伊聽，伊聽甲[144]眞注神[145]，才想著咖啡猶未泡，提[146]出一个圓罐仔，khat[147] 出一觳[148]烏殕[149]的粉，滾水罐斟[150]寡燒水落--去，抐[151]抐--咧，按呢 niâ。咖啡眞燒，那歕[152]那啉，我啉--起-來感覺苦苦，眞歹[153]啉，伊問我感覺按怎，是毋是眞正親像我想--的按呢？我家己討欲啉--的，毋敢講，干焦面仔憂憂，苦苦仔啉。

我對咖啡無趣味--矣，就無閣去阿雄 in

143 有影：ū-iánn, 的確、眞的。
144 聽甲：thiann kah, 聽得。
145 注神：tsù-sîn, 貫注、聚精會神。
146 提：thėh, 拿。
147 khat：舀、挹。
148 觳：khok, 量詞，計算量杯的單位。
149 烏殕：oo-phú, 灰黑、深灰色。
150 斟：thîn, 斟、倒、注。
151 抐：lā, 攪、攪拌。
152 歕：pûn, 吹、吹氣。
153 歹：pháinn, 難。

兜，過欲一禮拜，換彼个查某學生來揣[154]--我，講欲請我去啉咖啡。阮[155]兜的人攏感覺奇怪，哪會我這个猴囡仔[156]人佮彼个高貴的智識人有交陪[157]？去到伊蹛的所在，我閣無看著另外彼个，伊講走--矣，就去欲泡咖啡，我起煩惱，破病[158]食藥仔是姑不二衷[159]--的，哪有家己揣苦湯啉--的？伊面--的笑笑，共泡好的咖啡抶[160]予--我，叫我閣啉一喙[161]看覓，我閣那歕那 tsip[162]，苦苦、甜甜，閣有影略仔[163]有清芳。伊紹介家己講叫做「芳芳」，芳（hong）就是芳（phang）的意思，伊佮意[164]咖啡彼款清

---

[154] 揣：tshuē, 找、拜訪。
[155] 阮：guán, 我的，第一人稱所有格。
[156] 猴囡仔：kâu-gín-á, 小鬼頭、小蘿蔔頭。
[157] 交陪：kau-puê, 交往、交際、打交道。
[158] 破病：phuà-pīnn, 生病。
[159] 姑不二衷：ko-put-jī-tsiong, 不得已、無可奈何。
[160] 抶：tu, 推。
[161] 喙：tshuì, 量詞，口。
[162] tsip：啜飲，又音 sip、tsip、sip。
[163] 略仔：lio̍h-á, 稍微。
[164] 佮意：kah-ì, 中意、喜歡。

芳清芳的感覺，毋才[165]啉咖啡無濫[166]糖，彼工袂記得[167]我是囡仔人，應該愛濫糖佮牛奶粉，按呢較好啉。伊請我來啉咖啡是有目的--的，前擺[168]我唱的台語歌伊眞佮意，欲拜託我教伊唱，特別是彼塊「滿面春風」，伊感覺詞佮曲配合了眞好。我自來眞 gâu[169] 記歌詞，遐的歌攏是我聽 la-lí-ooh[170] 學--的，聽二、三擺就記--起-來-矣，就那唱伊那攑筆[171]記。這擺我感覺咖啡無遐爾[172]歹啉--矣，毋過猶是無我所想--的遐[173]好。

芳芳的代誌彼陣[174]我猶無眞知影，是嫁予

[165] 毋才：m̄-tsiah, 才。
[166] 濫：lām, 參雜、混合。
[167] 袂記得：buē kì-tit, 忘記。
[168] 擺：pái, 次，計算次數的單位。
[169] gâu：善於、長於。
[170] la-lí-ooh：收音機。
[171] 攑筆：gia̍h pit, 拿筆。
[172] 遐爾：hiah-nī, 那麼。
[173] 遐：hiah, 那麼。
[174] 彼陣：hit-tsūn, 那時候。

阿雄了後，伊有時會親像較早[175]按呢請我去啉咖啡，伊共我當做朋友按呢講予我聽，才較知--的。伊毋是啥物都市的學生，是讀屏東農專--的，in 兜蹛彰化市內，讀冊[176]的時陣佮一个同學感情眞好，就是佮伊鬥陣[177]來彼个查埔學生，in 想講欲共家己奉獻予土地佮農業，就約束[178]講欲揣一个上[179]揜貼[180]的草地[181]所在去發揮 in 的理想，親像做醫生的『史懷哲』按呢。經過調查，知影阮庄有夠落伍，想講欲來 tshuā[182] 庄--裡的作穡人做農業改革，哪知來到庄--裡，才知 in 所學的理論攏干焦是理論 niâ，農民對種作的智識比 in 捌[183]--的較實用，心情

---

[175] 較早：khah-tsá, 以前。
[176] 讀冊：thåk-tsheh, 讀書。
[177] 鬥陣：tàu-tīn, 一起、結伴、偕同。
[178] 約束：iok-sok, 約定、允諾。
[179] 上：siōng, 最。
[180] 揜貼：iap-thiap, 人煙罕至、隱密、隱蔽。
[181] 草地：tsháu-tē, 鄉下。
[182] tshuā：帶領、引導。
[183] 捌：bat, 認識。

受著眞大的刺激，歸尾[184]，彼个本底[185]是伊的男朋友的學生講欲放棄，無想欲作農--矣。芳芳佮伊冤家[186]，講愛堅持理想，來到遮，毋捌--的就學，親身落去做，做久就捌，伊無相信理論無路用[187]，是差佇佮實務欲按怎結合 niâ，毋過彼个聽袂入--去，芳芳罵伊無志氣，共伊氣走--矣。

芳芳出業了後，閣仝款[188]來阮庄，鼓勵阿雄種無仝款品種的作物，採用伊的方法去管理，毋過定定失敗，害阿雄了錢[189]，了[190]就了--矣，阿雄也無怨歎啥物，有--是招會仔[191]還債 niâ。過一年，in 就結婚--矣，芳芳仝款閣紮簿仔去田--裡那做工課那記物件，親像做研究按

---

184 歸尾：kui-bué, 到頭來、最後。
185 本底：pún-té, 本來、原本。
186 冤家：uan-ke, 吵架、爭吵。
187 路用：lōo-iōng, 用處、作用、功用。
188 仝款：kāng-khuán, 一樣。
189 了錢：liáu-tsînn, 虧本。
190 了：liáu, 耗費、浪費。
191 招會仔：tsio huē-á, 邀約組成互助會。會仔：互助會。

呢，有袂曉[192]的所在就泡茶請人去 in 兜坐，請教--人，尾--仔[193]，阿雄 in 兜門口埕變庄--裡上交易[194]--的，便若[195]食暗飽[196]，逐个攏會想欲去遐啉茶、開講[197]，毋過敢若干焦我佮伊會啉咖啡 niâ。

我讀初中就離開庄跤，歇寒[198]歇熱[199]才會轉--去[200]，芳芳生一个查某囝[201]佮一个後生[202]--矣，看著我轉--去，攏會叫我去 in 兜啉咖啡，阿雄嘛學了愛啉。伊講彼段佮男同學拄分手的日子，心情比無摻糖的咖啡閣較[203]苦，伊傷

---

192 袂曉：bē-hiáu, 不懂、不會。
193 尾--仔：bé--á, 最後、後來。
194 交易：ka-ia̍h, 熱絡、熱鬧之意。
195 便若：piān-nā, 凡是、只要。
196 食暗飽：tsia̍h-àm-pá, 晚飯吃飽後。
197 開講：khai-káng, 聊天、閒聊。
198 歇寒：hioh-kuânn, 放寒假。
199 歇熱：hioh-jua̍h, 放暑假。
200 轉--去：tńg--khì, 回去。
201 查某囝：tsa-bóo-kiánn, 女兒。
202 後生：hāu-senn, 兒子。
203 閣較：koh-khah, 更加。

心彼个查埔學生違背約束旋[204]--去，拍碎少年「農業『史懷哲』」的眠夢，佳哉[205]我教伊好聽的咖啡歌，予伊的心情較好，有勇氣堅持。講--來，咖啡毋但[206]會開戀花，嘛會治失戀症頭[207]，予伊清楚知影伊無愛彼个同學。

我大漢[208]了後，罕得[209]閣轉去庄跤，有一擺高中的歇寒轉--去，庄--裡煞揣無阿雄佮芳芳，講是去巴西買一塊土地，兩翁仔某[210]欲專門試種一款 in家己栽培--出-來新品種的咖啡，成績按怎我就毋知--矣。我想講這世人[211]應該無機會閣拄著[212]芳芳，毋過咖啡彼款清芳的氣

---

204 旋：suan, 溜走、開溜。
205 佳哉：ka-tsài, 好在、幸虧、幸好。
206 毋但：m̄-tānn, 不只、不光。
207 症頭：tsìng-thâu, 症狀。
208 大漢：tuā-hàn, 長大成人。
209 罕得：hán-tit, 難得、少有。
210 翁仔某：ang-á-bóo, 夫妻。
211 這世人：tsit-sì-lâng, 這輩子。
212 拄著：tú-tio̍h, 遇到。

味，我愈啉愈愛，這陣[213]，我嘛學會曉[214]啉無濫糖佮牛奶的清咖啡--矣。

---

213 這陣：tsit-tsūn, 這時候。
214 會曉：ē-hiáu, 知道、懂得。

愛國獎券
近日開獎

戇[1]清--仔買獎券著大獎[2]

屏風表演班『長期玩命』系列的第三劇叫做「空城狀態」，戲內底[3]有一个[4]老歲仔[5]，講爲著[6]高雄欲[7]發行彩券，專工[8]欲[9]搬去遐[10]蹛[11]。當然，這是編的故事 niâ[12]，袂使[13]共[14]當

1 戇：gōng，傻、呆。
2 著大獎：tio̍h tuā-tsióng，中大獎。
3 內底：lāi-té，裡面。
4 个：ê，個。
5 老歲仔：lāu-huè-á，老年人。
6 爲著：ūi-tio̍h，爲了。
7 欲：beh，將要、快要。
8 專工：tsuan-kang，特地、專程。
9 欲：beh，要、想，表示意願。
10 遐：hia，那裡。
11 蹛：tuà，住。
12 niâ：而已。

做眞--的，毋過[15]也透露一个訊息，人類是爲著希望咧[16]活--的，無論希望的機率是偌[17]細、偌無可能。我想著[18]古早[19]阮[20]遐戇清--仔買獎券的故事，彼陣[21]的第一特獎才二十萬箍[22] niâ，若換做這陣[23]的錢是偌濟[24]？我嘛[25]袂曉[26]講，用我囡仔人[27]的算法，彼[28]當時上[29]貴的紅豆枝

---

13 袂使：bē-sái, 不可以。
14 共：kā, 把、將。
15 毋過：m̄-koh, 不過、但是。
16 咧：leh, 在。
17 偌：juā, 多麼。
18 想著：siūnn-tio̍h, 想到。著：tio̍h, 到，動詞補語，表示動作之結果。
19 古早：kóo-tsá, 從前、昔日。
20 阮：guán, 我們，不包括聽話者。
21 彼陣：hit-tsūn, 那時候。
22 箍：khoo, 元，計算金錢的單位。
23 這陣：tsit-tsūn, 這時候。
24 偌濟：juā-tsē, 多少。
25 嘛：mā, 也。
26 袂曉：bē-hiáu, 不會、不懂。
27 囡仔人：gín-á-lâng, 小孩子家。
28 彼：hit, 那。

仔冰[30]一枝是五角銀，這馬[31]市面上的枝仔冰一枝十五箍，按呢[32]來算，拄好[33]三十倍，二十萬變做六百萬！敢[34]有準[35]？這無重要，橫直[36]眞濟[37]錢就著[38]--啊。

彼陣的獎券叫做愛國獎券，意思講「無著獎嘛準做[39]愛國，袂[40]加[41]了[42]--的」，一聯仝[43]號--的敢若[44]是有六張，一張五箍，仝

---

29 上：siōng, 最。
30 枝仔冰：ki-á-ping, 冰棒。
31 這馬：tsit-má, 現在。
32 按呢：án-ni, án-ne, 這樣、如此。
33 拄好：tú-hó, 剛好、湊巧。
34 敢：kám, 疑問副詞，提問問句。
35 準：tsún, 準確。
36 橫直：huâinn-tit, 反正。
37 濟：tsē, 多。
38 著：tio̍h, 對。
39 準做：tsún-tsuè, 當成、當做。
40 袂：bē, 不會。
41 加：ke, 多、憑白。
42 了：liáu, 耗費。
43 仝：kāng, 相同。
44 敢若：kánn-ná, 好像。

冰淇淋

款[45]用枝仔冰的價數[46]來計算，十枝紅豆仔冰應該是這時的一百五十箍，一百五十箍的第一特獎是六百萬，按呢講--來，高雄的彩券一張一百箍第一特獎愛[47]四百萬才有合理，毋過 in[48]敢若才五十萬niâ，算--來有較酷刑[49]。我毋是專門欲討論彩金偌濟才有公道--的，干焦[50]佇[51]講這个戇清--仔買獎券的故事進前[52]，愛先了解一寡[53]基本背景 niâ。

戇清--仔是人供體[54]--的，伊[55]無影[56]講有偌

---

45 仝款：kāng-khuán, 一樣。
46 價數：kè-siàu, 價格。
47 愛：ài, 要、必須。
48 in：他們。
49 酷刑：khok-hîng, 刻薄、嚴酷。
50 干焦：kan-tann, 只有、僅僅。
51 佇：tī, 在。
52 進前：tsìn-tsîng, 之前。
53 一寡：tsi̍t-kuá, 一些。
54 供體：king-thé, 挖苦、諷刺。
55 伊：i, 他、她、牠、它，第三人稱單數代名詞。
56 無影：bô-iánn, 與事實不合、沒有的事。

戇，自 in[57] 阿爸痚呴[58]袂做了後[59]，厝--裡[60]七分外[61]地攏[62]靠伊咧拚，十七歲囡仔[63]就勇甲[64]若[65]牛--咧[66]，做大人工課[67]，定定[68]佇田--裡摸甲[69]毋知暗，庄--裡的人問伊講：

「清--仔，你遐[70]拚欲創啥[71]？」

伊就會眞正經共[72]人應[73]講：「阮[74]阿爸講

---

[57] in：第三人稱所有格，他的。
[58] 痚呴：he-ku，哮喘、氣喘。
[59] 了後：liáu-āu，之後。
[60] 厝--裡：tshù--nih，家裡。
[61] 七分外：tshit hun guā，七分多。
[62] 攏：lóng，都。
[63] 囡仔：gín-á，小孩子。
[64] 甲：kah，到，到……的程度。
[65] 若：ná，好像、如同。
[66] --咧：--leh，置於句末，用以加強語氣。
[67] 工課：khang-khuè，工作，「功課」的白話音。
[68] 定定：tiānn-tiānn，常常。
[69] 甲：kah，到。
[70] 遐：hiah，那麼。
[71] 創啥：tshòng siánn，幹麼。
[72] 共：kā，跟、向。
[73] 應：ìn，回答、應答。

愛較拚--咧，通儉[75]看有寡某[76]本--無。」

就是按呢，庄內攏笑清--仔咧痟[77]娶某，爲某拚甲遐艱苦。清--仔老爸帶[78]著症頭，老母生三个後生[79]兩个查某囝[80]了，身體本成[81]就有較虛，閣[82]著[83]款[84]厝內外兼做園--裡的工課，有時去田--裡鬥[85]作，略略--仔[86]就 giōng 欲[87]昏--去。伊是大囝[88]，大漢[89]小妹減伊兩

74 阮：guán, 我的, 第一人稱所有格。
75 儉：khiām, 積蓄。
76 某：bóo, 妻子、太太、老婆。
77 痟：siáu, 沈迷、瘋某事物。
78 帶：tài, 患有(病)。
79 後生：hāu-sinn, 兒子。
80 查某囝：tsa-bóo-kiánn, 女兒。
81 本成：pún-tsiânn, 本來、原本。
82 閣：koh, 還、又。
83 著：tio̍h, 得、要、必須。
84 款：khuán, 整理、收拾。
85 鬥：tàu, 幫忙。
86 略略--仔：lio̍h-lio̍h--á, 稍微、些微。
87 giōng 欲：giōng-beh, 瀕臨、幾乎要。
88 大囝：tuā-kiánn, 長子。
89 大漢：tuā-hàn, 年長的。

歲，細漢[90]小弟猶未[91]度晬[92]，攏是有喙[93]無手--的，無拚是欲按怎[94]過日？伊欲緊[95]娶某嘛是 it 著[96]有人通鬥跤手[97]，毋是眞正痟某痟甲這款形--的。當時的社會物資欠缺，飼一个囡仔大漢[98]無遐簡單，查某囝欲做--人[99]，攏愛講聘金，毋是爸母貪財，實在是生活歹[100]渡。

清--仔十九歲彼[101]年，厝--裡有賰[102]三萬外箍，捌[103]去隔壁庄相過一个姑娘仔，雙方

---

[90] 細漢：sè-hàn, 年幼的。
[91] 猶未：iáu-buē, 還沒。
[92] 度晬：tōo-tsè, 周歲。
[93] 喙：tshuì, 嘴。
[94] 按怎：án-tsuánn, 怎麼樣。
[95] 緊：kín, 快、迅速。
[96] it 著：it-tio̍h, 圖著、顧念、渴望。
[97] 鬥跤手：tàu-kha-tshiú, 幫忙。
[98] 飼大漢：tshī tuā-hàn, 養大。
[99] 做--人：tsò--lâng, 許配給人。
[100] 歹：pháinn, 不容易、難。
[101] 彼：hit, 那。
[102] 賰：tshun, 剩下。
[103] 捌：bat, 曾。

攏有合意，毋過對方嘛是艱苦家庭，品[104]講聘金愛五萬，大餅佮[105]金仔攏打[106]在內，按呢嘛算公道。庄跤人[107]欠錢用的時，農會、銀行毋捌插[108]--in 過，干焦會當[109]自力救濟 niâ，招會仔[110]是上簡單的法度[111]，這陣的「民間互助會」是錢會，彼時攏是粟仔會，用一百斤粟仔做單位，標的規則佮這馬仝款，精差[112]逐擺[113]欲標的時，會頭[114]愛辦桌請會跤[115]，這叫做「食會」。清--仔 in 阿母講欲出面招一陣會仔，通補貼聘金的差額。哪知彼年發生台灣

---

104 品：phín, 約定、議定。

105 佮：kap, 和、與。

106 打：tánn, 折現。

107 庄跤人：tsng-kha lâng, 鄉下人。

108 插：tshap, 理睬。

109 會當：ē-tàng, 可以。

110 招會仔：tsio huē-á, 邀約組成互助會。會仔：互助會。

111 法度：huat-tōo, 辦法、法子。

112 精差：tsing-tsha, 差別、差異、不同。

113 逐擺：ta̍k-pái, 每次。

114 會頭：huē-thâu, 民間互助會的發起人。

115 會跤：huē-kha, 民間互助會的會員。

出名的八七風颱兼水災，共一寡較荏[116]的厝蓋[117]掀了了[118]，清--仔 in 兜[119]是竹管仔厝[120]，厝頂崁[121]草--的，當然袂堪--得[122]，規[123]厝內淹 phóng-phóng[124]，水戽[125]幾若工[126]猶未焦[127]。

大水過了，厝邊隔壁攏咧起新厝[128]，清--仔想講竹管仔厝本底[129]就真無勇--啊，這聲[130]

---

116 荏：lám, 柔弱。

117 厝蓋：tshù-kuà, 屋面、屋頂。

118 了了：liáu-liáu, 光光、精光。

119 兜：tau, 家。

120 竹管仔厝：tik-kóng-á-tshù, 利用麻竹或刺竹的竹幹當作建築住屋牆壁的骨架，外層再敷以泥土所造成的傳統房子。

121 崁：khàm, 覆蓋。

122 袂堪--得：bē-kham--tit, 禁不起、禁不住。

123 規：kui, 整個。

124 淹 phóng-phóng：im-phóng-phóng, 一片汪洋。

125 戽：hòo, 潑水。

126 幾若工：kúi-nā kang, 好幾天。

127 焦：ta, 乾燥、水份消失。

128 起厝：khí-tshù, 蓋房子。

129 本底：pún-té, 本來、原本。

130 這聲：tsit-siann, 這下子、這一回。

無重起嘛毋是辦法，某較慢才娶無要緊，猶是規家夥仔[131]蹛的厝愛先起，就共進前所儉--的佮會頭錢攏用來起厝，拜託媒人婆--仔去隔壁庄共彼个姑娘仔會失禮[132]，請緩--咧，有夠聘金額才閣講。

有一句話講「燒酒愈 khē[133] 愈芳，姑娘仔愈 khē 愈老」，嘛有人講「世間干焦兩項物件[134]袂緩--咧，政府的租仔[135]佮姑娘仔的年歲」，過無偌久[136]，彼个聘金愛五萬箍--的就做--人-矣[137]。清--仔聽著消息，袂輸[138]是 phàng 見[139]一个某，心肝內真艱苦，毋過生

131 規家夥仔：kui-ke-hué-á, 全家、一家人。
132 會失禮：huē sit-lé, 賠禮、道歉、賠罪。
133 khē：放置。
134 物件：mi̍h-kiānn, 東西。
135 租仔：tsoo-á, 租稅。
136 無偌久：bô-juā-kú, 不久。
137 矣：ah, 語尾助詞，表示完成或新事實發生。
138 袂輸：bē-su, 好比、好像。
139 phàng 見：phàng-kìnn, 拍毋見 (phah-m̄-kìnn) 的合音，丟掉、遺失。

活的擔頭仔全款佇伊的肩胛頭[140]，重 khuâinn-khuâinn[141]，連欲怨歎都無時間。起厝開[142]的錢比伊按算[143]--的超過眞濟，錢無夠用，會當借--的借，會當掣[144]--的嘛掣，物件 khē 久會減，債囥[145]久會加，愈積是愈大條，閣袂漚[146]袂爛，碌[147]死清--仔這个少年家仔[148]。

有一擺，去街--裡農會領肥料，搪著[149]一个賣獎券的姑娘仔，共伊講開五箍銀買二十萬的希望。本底清--仔應講伊是散人[150]，無錢通[151]買這款[152]物。欲轉--去[153]的時陣[154]，姑娘

140 肩胛頭：king-kah-thâu, 肩膀、肩頭。
141 重 khuâinn-khuâinn：tāng-khuâinn-khuâinn, 沉甸甸，形容非常重。
142 開：khai, 花費。
143 按算：àn-sǹg, 預期、估計。
144 掣：tshuah, 用力猛地一拉；在此指暫時借用。
145 囥：khǹg, 放置。
146 漚：àu, 腐爛。
147 碌：li̍k, 操勞、折磨。
148 少年家仔：siàu-liân-ke-á, 小伙子、少年人。
149 搪著：tn̄g-tio̍h, 遇到。
150 散人：sàn-lâng, 窮人。

仔猶佇農會口，看著清--仔出--來，共伊講：

「世間眞正的散人是連希望都無的人。」

這句話予[155]清--仔心肝頭摵一趒[156]，有影[157]，照伊目前按呢作穡[158]，做牛做馬拖一世人，欠的債務嘛還袂離[159]，閣較[160]免講娶某、晟[161]小弟小妹，原本伊無咧想這个問題，毋是伊毋知，是伊毋敢面對現實去想，略略--仔兵單就欲來--矣，伊是大囝，老爸有病，會使[162]請求較慢才去，毋過政府會當予[163]你欠，袂

151 通：thang, 可以。
152 這款：tsit khuán, 這種。
153 轉--去：tńg--khì, 回去。
154 時陣：sî-tsūn, 時候。
155 予：hōo, 讓。
156 心肝頭摵一趒：sim-kuann-thâu tshiak tsit tiô, 心裡突然跳一下。
157 有影：ū-iánn, 的確、眞的。
158 作穡：tsoh-sit , 耕作。
159 離：lī, 透徹、盡、完。
160 閣較：koh-khah, 更加。
161 晟：tshiânn, 養育、照顧。
162 會使：ē-sái, 可以、能夠。

愛國獎券
近日開獎

當[164]予你倒，緊早慢[165]攏愛還，到時厝--裡欲按怎？二十萬，若有二十萬箍代誌[166]就解決--矣！彼時伊橐袋仔[167]內拄好繳肥料錢了閣有賰，就揀[168]一張茶紅色人講是「赤牛仔[169]」的五箍銀票拄[170]予[171]姑娘，講欲買希望。賣獎券的姑娘仔看著有人予伊推銷成功，真誠歡喜，用妖嬌的笑面問伊佮意[172]啥物[173]號碼。清--仔在來[174]就真罕得[175]佮少年查某囡仔接接[176]，看

163 予：hōo, 被；讓。
164 袂當：bē-tàng, 不能、不可以。
165 緊早慢：kín-tsá-bān, 早晚、遲早。
166 代誌：tāi-tsì, 事情。
167 橐袋仔：lak-tē-á, 口袋。
168 揀：kíng , 選擇。
169 赤牛仔：tshiah-gû-á, 黃牛。
170 拄：tu, 推。
171 予：hōo, 給、給予。
172 佮意：kah-ì, 中意、喜歡。
173 啥物：siánn-mih, 什麼。
174 在來：tsāi-lâi, 一向、向來。
175 罕得：hán-tit, 難得、少有。
176 接接：tsih-tsiap, 打交道、接觸。

著這个留頭鬃尾仔[177]的姑娘仔熱心咧共[178]伊鬥揀號碼，彼[179]毋是干焦共獎券賣--伊 niâ，是眞正的關心，感覺這五箍銀一定袂加了--的。

日子對作穡人[180]無啥意義，毋過特殊的日子對特別的希望是有意義--的，親像[181]古早有一份報紙叫做「三六九小報」，就是逐個月的初三、初六佮初九，十三、十六、十九，二三、二六、二九攏有出報紙，是以文學爲主的古錐[182]刊物。愛國獎券是逐個月見[183]五就開獎，初五、十五佮二五，一個月三期，尾--仔[184]綴[185]伊時行[186]的『大家樂』嘛是見五

177 頭鬃尾仔：thâu-tsang-bué-á, 辮子、馬尾。
178 共：kā, 給；幫。
179 彼：he, 那個。
180 作穡人：tsoh-sit-lâng, 農人。
181 親像：tshin-tshiūnn, 好像、好比。
182 古錐：kóo-tsui, 可愛。
183 見：kiàn/ kìnn, 每每。
184 尾--仔：bé--á, 後來。
185 綴：tuè, 跟、隨。
186 時行：sî-kiânn, 流行、盛行。

就發燒。清--仔買獎券了後，等彼個月的十五通對獎，彼陣 in 彼庄無人有新聞報紙，毋知欲去佗位[187]對獎，想欲請教庄--裡的人閣驚[188]人笑，到欲晝[189]，擋袂牢[190]--矣，鐵馬騎--咧，去街--裡揣[191]新聞，嘛毋知 siáng[192] 有咧予人對，行--啊行，閣踅[193]來到農會門喙[194]，眞拄好，姑娘仔猶佇遐，清--仔面[195]紅紅共獎券捎[196]--出-來，講伊毋知欲按怎對獎。好心的姑娘共伊講雖罔[197]是十五開獎，毋過愛十六的新聞才有咧賣，若無，會使明仔再[198]閣走--一-逝[199]，到

187 佗位：toh-uī, 哪裡。
188 驚：kiann, 怕、害怕。
189 欲晝：beh-tàu, 將近中午。
190 擋袂牢：tòng-bē-tiâu, 忍不住、受不了。
191 揣：tshuē, 找、尋找。
192 siáng：誰、甚麼人，啥人 (siánn-lâng) 的合音。
193 踅：se̍h, 繞。
194 門喙：mn̂g-tshuì, 門口。
195 面：bīn, 臉。
196 捎：sa, 抓取、拿。
197 雖罔：sui-bóng, 雖然。
198 明仔再：bîn-á-tsài, 明天。

時才 tshuā[200] 伊去獎券行看開啥物號碼。

若欲佇十五彼暝[201]對獎，會使聽廣播電台，毋過干焦報大獎 nā-tiānn[202]，閣講清--仔 in 兜嘛無 la-lí-ooh[203]，歹勢[204]予人知影[205]伊買獎券，毋敢去別人遐聽。翻轉工，田--裡的工課放袂離，對庄--裡去到街仔來去一逝路騎鐵馬愛點外鐘[206]久，傷[207]拍損[208]時間，就共獎券留佇小姐遐，拜託隔轉工[209]替伊對獎，若有著[210]才共清--仔通知--一-聲。

---

199 一逝：tsit tsuā，一趟。
200 tshuā：帶領、引導。
201 彼暝：hit mî, 那晚。
202 nā-tiānn：而已。
203 la-lí-ooh：收音機。
204 歹勢：pháinn-sè, 不好意思。
205 知影：tsai-iánn, 知道。
206 點外鐘：tiám-guā-tsing, 一個多少時。
207 傷：siunn, 太、過於。
208 拍損：phah-sńg, 可惜、浪費。
209 隔轉工：keh-tńg-kang, 翌日、隔日。
210 著：tio̍h, 命中，中(獎)。

彼早起[211]，清--仔透早[212]就去犁田，日頭都猶未出--來，一時仔囝[213]，伊目睭[214]就掠[215]田頭路仔相[216]--一-下，一直相到過晝[217]，猶是無看著賣獎券的姑娘。中晝[218]，in 小妹捾[219]飯來田--裡予食，嘛是那[220]食那看路仔，攏無長頭鬃尾仔的影跡。五籠欲著二十萬，當然無遐簡單，到日頭影斜過刺竹仔尾，伊知影希望就是干焦希望 niâ，毋是在穩[221]--的，略略--仔日頭光欲反做紅霞--矣，死心--矣。佇伊牽牛準備欲轉去歇暗的路--裡，煞[222]看著彼个姑娘對

211 早起：tsái-khí, 早上。
212 透早：thàu-tsá, 一早、大清早。
213 一時仔囝：tsit-sî-á-kiánn, 一下子。
214 目睭：bak-tsiu, 眼睛。
215 掠：liah, 對著看。
216 相：siòng, 注視、盯視。
217 過晝：kuè-tàu, 午後、過午時。
218 中晝：tiong-tàu, 中午。
219 捾：kuānn, 提、拎。
220 那……那……：ná……　ná……，一邊……一邊……。
221 在穩：tsāi-ún, 穩妥、穩當、篤定。
222 煞：suah, 竟然。

彼爿[223]從--來[224]，走甲喘 phīnn 怦[225]。看著清--仔，姑娘才那喘那笑，講：「著--矣，著獎--矣！」

鄉鎮所在無專門送報紙--的，在來攏是郵局連批[226]做夥[227]送--的，一工才送一逝 niâ，街--裡的獎券行嘛愛下晡兩點外才有報紙通 hông[228] 對獎，姑娘仔對了，騎鐵馬欲來庄--裡，路--裡鐵馬煞落 lián[229]，抾[230]規晡[231]久才好，騎無幾步閣落，舞甲[232]手烏趖趖[233]，揣溝仔水洗足[234]久袂清氣[235]，尾--仔，看天色

---

223 彼爿：hit pîng, 那邊。

224 從--來：tsông--lâi, 慌亂跑來。

225 走甲喘 phīnn 怦：tsáu kah tshuán-phīnn-phēnn, 跑得氣喘吁吁。

226 批：phue, 信。

227 做夥：tsò-hué, 一起。

228 hông ：「予人 (hōo lâng)」的合音，被人。

229 落 lián ：lak-lián, 腳踏車的鏈條從齒輪上脫落。

230 抾：khioh, 聚合、聚攏。

231 規晡：kui poo, 半天。

232 舞甲：bú kah, 搞得。

233 烏趖趖：oo-sô-sô, 髒兮兮、黑不溜丟。

無早，規氣[236]鐵馬抨[237]佇路邊竹林內，行路[238]來，才會這時才到。清--仔聽著姑娘喝[239]講「著獎」，歡喜甲，感覺伊的氣運咧行--矣，有影有希望就有機會。尾手[240]才知伊毋是著著二十萬，是對著尾兩字，才一百箍 niâ。開五箍，著一百，猶算袂穤[241]，清--仔想欲共一百攏換做後期的獎券，按呢二十張較有贏面，姑娘共伊擋，講會愈買愈濟，袂輸跋筊[242]，愈跋[243]愈大毋好，若有福氣，一張就會著。清--仔就拜託姑娘仔替伊去領獎，一百箍就寄佇彼个姑娘遐，一期扣五箍，逐期攏交關一張。

234 足：tsiok, 非常。
235 清氣：tshing-khì, 乾淨。
236 規氣：kui-khì, 乾脆。
237 抨：phiann, 隨便丟、扔。
238 行路：kiânn-lōo, 走路。
239 喝：huah, 呼喊。
240 尾手：bué-tshiú, 後來。
241 袂穤：bē-bái, 不錯、不壞。
242 跋筊：pua̍h-kiáu, 賭博。
243 跋：pua̍h, 賭博。

彼暗，清--仔載姑娘轉去竹林揣伊落 lián 的鐵馬，替伊扶予好，想講天都暗--矣，陪伊轉去到街--裡。

閣來便若[244]初六、十六抑[245]二六，清--仔若有閒，有當時仔會家己去街仔揣姑娘對獎，有時仔工課較 kiap[246]，彼个姑娘會提[247]新聞來予清--仔對，表示無騙--伊，一百箍嘛半年外才開了，毋過連兩字--的嘛毋捌閣對--著。庄內人看定定有一个留長頭鬃尾仔的街市姑娘來揣清--仔，看--起-來閣眞妖嬌的模樣，有影是烏矸仔貯豆油[248]，眞正無地看[249]，戇清--仔閣有戇福，煞有寡欣羨。

佇兵單來的前一個月，清--仔免聘金就娶著彼个賣獎券的姑娘仔。

---

244 便若：piān-nā, 凡是、只要。
245 抑：iah, 或是。
246 kiap：忙碌。
247 提：thėh, 拿。
248 烏矸仔貯豆油：oo kan-á té tāu-iû, 形容深藏不露。
249 無地看：bô tè khuànn, 此指看不出來。

山城聽古[1]

久年咧[2]教學，我的學生佇[3]台灣滿四界[4]攏[5]有，檢采[6]是我較囡仔性[7]，致使學生攏佮[8]我不止仔[9]親近，袂輸[10]是朋友關係，我若有去外地，會先查看有 siáng[11] 蹛[12]佇附近，順

1 古：kóo, 故事。
2 咧：leh, 在。
3 佇：tī, 在。
4 滿四界：muá-sì-kè, 到處、遍地、四處都是。
5 攏：lóng, 都。
6 檢采：kiám-tsháí, 也許、可能、說不定。
7 囡仔性：gín-á-sìng, 孩子氣、稚氣未脫。
8 佮：kap, 和、與。
9 不止仔：put-tsí-á, 非常、相當的。
10 袂輸：bē-su, 好比、好像。
11 siáng：誰、甚麼人，啥人 (siánn-lâng) 的合音。
12 蹛：tuà, 住。

紲[13]去共[14]拜訪--一-下，好心有好報，逐擺[15]攏有通[16]食著[17]地方鮮閣[18]稀罕的菜蔬[19]，滿足我的枵鬼[20]。有一擺，去埔里一間大學共[21]一个 Summer-camp 演講「台語文學佮歌謠」，講煞[22]，才欲暗仔[23]時，想講時間猶[24]真量[25]--咧[26]，就敲電話[27]揣[28]一个[29]三、四冬[30]前畢業的

---

13 順紲：sūn-suà, 順便、順帶、趁便。
14 共：kā, 跟、向。
15 逐擺：ta̍k-pái, 每次。
16 有通：ū-thang, 有得。
17 食著：tsia̍h-tio̍h, 吃到。著：tio̍h, 到，動詞補語，表示動作之結果。
18 閣：koh, 又、還。
19 菜蔬：tshài-se, 蔬菜。
20 枵鬼：iau-kuí, 嘴饞、愛吃鬼。
21 共：kā, 給；幫。
22 煞：suah, 結束、停止。
23 欲暗仔：beh-àm-á, 黃昏。
24 猶：iáu, 還。
25 量：liōng, 充分、有餘裕。
26 --咧：--leh, 置於句末，用以加強語氣。
27 敲電話：khà tiān-uē, 打電話。
28 揣：tshuē, 找、尋找。

學生，本底[31]也無按[32]伊[33]會佇厝--裡[34]，台灣的社會形態真奇怪，囡仔[35]大漢[36]了後[37]，罕得[38]留佇庄跤[39]抑是[40]小城鎮。無議悟[41]閣[42]揣會著人，隨[43]就來大學門喙[44]接--我。

這是我看--過上蓋[45]無仝款[46]的家庭，需要

29 个：ê, 個。
30 冬：tang, 年。
31 本底：pún-té, 本來、原本。
32 按：àn, 預計、打算。
33 伊：i, 他、她、牠、它，第三人稱單數代名詞。
34 厝--裡：tshù--nih, 家裡。
35 囡仔：gín-á, 小孩子。
36 大漢：tuā-hàn, 長大成人。
37 了後：liáu-āu, 之後。
38 罕得：hán-tit, 難得、少有。
39 庄跤：tsng-kha, 鄉下。
40 抑是：iah-sī, 或是。
41 無議悟：bô-gī-gōo, 沒想到、沒料到。
42 閣：koh, 居然。
43 隨：sûi, 立刻、立即。
44 門喙：mn̂g-tshùi, 門口。
45 上蓋：siōng-kài, 最。
46 仝款：kāng-khuán, 一樣。

共[47]成員紹介--一-下。In[48] 蹛的所在[49]離埔里街仔差不多兩公里，算市內，毋過[50]有種菜、果子，有庄跤的趣味。這个學生佇台北讀研究所的時捌[51]修過我的課，眞愛問問題，佮我算有話講，伊厝--裡爸母猶少年，極加[52]是五十捅[53]歲，加[54]我無一紀年[55]，一个阿姊嫁了--矣，毋過就嫁附近的家庭，有代誌[56]叫--一-下就轉--來[57]，一个小妹佇街--裡的銀行食頭路[58]。學生 tshuā[59] 我到位[60]的時，規家夥仔[61]攏出來佇門喙

47 共：kā, 把、將。
48 in：他們。
49 所在：sóo-tsāi, 地方。
50 毋過：m̄-koh, 不過、但是
51 捌：bat, 曾。
52 極加：ki̍k-ke, 最多、頂多。
53 捅：thóng, 數目超過、多出來。
54 加：ke, 多。
55 一紀年：tsi̍t khí-nî, 十二年。
56 代誌：tāi-tsì, 事情。
57 轉--來：tńg--lâi, 回來。
58 食頭路：tsia̍h-thâu-lōo, 上班、就業。
59 tshuā：帶領、引導。

咧等--我，我無按算[62]會揣著學生，也無紮[63]等路[64]，先會失禮[65]。In 的面--裡攏是眞自然閣誠意的笑，袂[66]予[67]我感覺有啥生疏。

我的學生佇一間在地的有線電視台做新聞工作，今年會佮一个同事結婚，這毋是這个故事的主題，我欲[68]講--的是這个家庭較各樣[69]的所在。學生紹介 in[70] 兜[71]所有的人予我熟似了後，就無看見人影，客廳賰[72] in 阿母、小妹佮彼个[73]聽講厝--裡有人客[74]來專工[75]轉來鬥跤

60 到位：kàu-uī, 到達、抵達。
61 規家夥仔：kui-ke-hué-á, 全家、一家人。
62 按算：àn-sǹg, 預期。
63 紮：tsah, 攜帶。
64 等路：tán-lōo, 拜訪時，客人送的禮物。
65 會失禮：huē sit-lé, 賠禮、道歉、賠罪。
66 袂：bē, 不會。
67 予：hōo, 讓；給。
68 欲：beh, 要、想，表示意願。
69 各樣：koh-iūnn, 異樣、跟常人不同。
70 in：第三人稱所有格，他的。
71 兜：tau, 家。
72 賰：tshun, 剩下。

手[76]的阿姊咧陪我開講[77]、食茶，各人講家己[78]的代誌予我聽，袂予我感覺生份[79]、無聊，袂輸我是 in 兜熟似足[80]久的老朋友。學生出來請逐个[81]去飯廳食飯，灶跤[82]就佇邊--仔[83]，看會著 in 老爸佇遐[84]猶咧無閒 tshih-tshih[85]。食飯配話的時，我想講 in 老爸大概外交較穤[86]，才會愛[87]煮料理，覕[88]佇灶跤，哪知伊口才誠[89]好，

---

73 彼个：hit ê, 那個。
74 人客：lâng-kheh, 客人。
75 專工：tsuan-kang, 特地、專程。
76 鬥跤手：tàu-kha-tshiú, 幫忙。
77 開講：khai-káng, 聊天、閒聊。
78 家己：ka-tī, 自己。
79 生份：tshinn-hūn, 生疏、陌生。
80 足：tsiok, 非常。
81 逐个：ta̍k ê, 每個、各個。
82 灶跤：tsàu-kha, 廚房。
83 邊--仔：pinn--á, 旁邊。
84 遐：hia, 那裡。
85 無閒 tshih-tshih：非常忙碌。
86 穤：bái, 不好、糟糕。
87 愛：ài, 要、必須。
88 覕：bih, 躲藏、隱藏、藏匿。

見識眞博，知影[90]我今仔日[91]講「文學佮歌謠」了後，閣專工佮我討論這方面的話，有眞濟[92]見解佮歌壇的傳說、美談，攏是我毋捌聽--過的。

彼工[93]，我就佇 in 兜過暝[94]，聽 in 阿母講較早[95]佮 in 老爸欲做親情[96]的故事，這个故事若發生佇今仔日，你會感覺是譀古[97]，毋過佇彼款[98]思想慣勢[99]無仝[100]的時代，應該有伊的社會標準。閣來的話是 in 阿母講--的。

---

89 誠：tsiânn, 非常。
90 知影：tsai-iánn, 知道。
91 今仔日：kin-á-ji̍t, 今天。
92 濟：tsē, 多。
93 工：kang, 天、日。
94 過暝：kuè-mî, 過夜。
95 較早：khah-tsá, 以前。
96 做親情：tsuè tshin-tsiânn, 說媒、提親。
97 譀古：hàm-kóo, 誇張、荒謬、荒誕不經、無稽之談。
98 彼款：hit khuán, 那種。
99 慣勢：kuàn-sì, 習慣。
100 仝：kâng, 相同。

我是彰化市的人，二十歲彼年，查某[101]囡仔伴[102]差不多嫁欲[103]離[104]--矣[105]，我猶未[106]做--人[107]，毋是生做[108]啥物[109]痃勢[110]，莫[111]講我大面神[112]呵咾[113]家己，顛倒[114]是我生做媠[115]，條件無相當--的，毋敢清彩[116]就央媒人婆--仔來講，講--來，算緣份猶未

---

[101] 查某：tsa-bóo, 女性。
[102] 囡仔伴：gín-á-phuānn, 童年玩伴。
[103] 欲：beh, 將要、快要。
[104] 離：lī, 透徹、盡、完。
[105] --矣：--ah, 語尾助詞，表示完成、即將完成或新事實發生。
[106] 猶未：iáu-buē, 還沒。
[107] 做--人：tsò--lâng, 許配給人。
[108] 生做：sinn-tsuè, 長得。
[109] 啥物：siánn-mih, 什麼。
[110] 痃勢：khiap-sì, 醜陋、難看。
[111] 莫：mài, 勿、別、不要。
[112] 大面神：tuā-bīn-sîn, 厚臉皮、不要臉、厚顏無恥。
[113] 呵咾：o-ló, 讚美。
[114] 顛倒：tian-tò, 反而。
[115] 媠：suí, 美、漂亮。
[116] 清彩：tshìn-tshái, 隨便、胡亂。

到。阮[117]阿爸是生理人[118]，厝--裡開塗礱[119]間仔[120]兼大市，你聽無？就是專門咧替人共粟仔[121]絞[122]做米--的，嘛[123]有人講是「米絞[124]」，兼做米大賣[125]的米店，就是人講--的「大市」。彼个時代，這算是地方的大企業，厝--裡有三个阿兄，查某--的干焦[126]我一个，講是「千金小姐」無誇口，媒人婆--仔有予[127]阮阿爸拜託--過，講若有四配[128]--的望伊鬥相報[129]，彼个媒人婆--仔講我的紅

---

[117] 阮：guán, 我的，第一人稱所有格。
[118] 生理人：sing-lí-lâng, 商人、生意人。
[119] 塗礱：thôo-lâng, 礱穀機、碾米機。
[120] 塗礱間仔：thôo-lâng-king-á, 碾坊、碾米廠。
[121] 粟仔：tshik-á, 稻穀、穀子。
[122] 絞：ká, 碾(米)。
[123] 嘛：mā, 也。
[124] 米絞：bí-ká, 碾坊、碾米廠。
[125] 大賣：tuā-bē, 批發。
[126] 干焦：kan-tann, 只有、僅僅。
[127] 予：hōo, 被；讓。
[128] 四配：sù-phuè, 相匹配。
[129] 鬥相報：tàu-sio-pò, 幫忙推薦、奔相走告。

包禮僫[130]趁[131]，彰化這款[132]地頭欲哪[133]揣有彼款人才[134]佮人才[135]攏佮我會登對的查埔囡仔[136]。

我佮伊熟似毋是人紹介--的，彼陣[137]我佇大市鬥跤手，專門負責糶米[138]收錢，來糴米[139]--的有三種人，煮飯的查某人[140]抑是扞手頭[141]的查埔人[142]，若無，就是叫囡仔來，毋是傷[143]老就是傷幼，罕得有青年人

---

[130] 僫：oh, 困難。
[131] 趁：thàn, 賺。
[132] 這款：tsit khuán, 這種。
[133] 欲哪：beh-nah, 詰問如何。
[134] 人才：jîn-tsâi, 人品、人才。
[135] 人才：lâng-tsâi, 外貌。
[136] 查埔囡仔：tsa-poo gín-á, 男孩子。
[137] 彼陣：hit-tsūn, 那時候。
[138] 糶米：thiò-bí, 賣米。
[139] 糴米：tia̍h-bí, 買米。
[140] 查某人：tsa-bóo-lâng, 女人。
[141] 扞手頭：huānn tshiú-thâu, 主持、掌管經濟狀況。
[142] 查埔人：tsa-poo-lâng, 男人。
[143] 傷：siunn, 太、過於。

客。頭擺[144]看著伊，我就感覺怪奇，一个猶遐[145]少年的緣投仔 sàng[146]，來欲糴米，閣面--的笑笑，態度自然。我本底想講是拄[147]搬來彰化的新婚翁某[148]，替 in 某[149]來--的，第兩擺來，閣會揀[150]米出價，目睭[151]掠我金金看[152]，害我歹勢[153]甲[154]連錢都找重耽[155]--去。伊共加[156]找的錢還--我，笑我講會共米店扞[157]倒--去。伊走了後，阿爸拄入

---

[144] 頭擺：thâu-pái, 第一次。

[145] 遐：hiah, 那麼。

[146] 緣投仔 sàng：ian-tâu-á-sàng, 帥哥。

[147] 拄：tú, 剛、才剛。

[148] 翁某：ang-bóo, 夫妻。

[149] 某：bóo, 妻子、太太、老婆。

[150] 揀：kíng , 挑選、選擇。

[151] 目睭：ba̍k-tsiu, 眼睛。

[152] 掠我金金看：lia̍h guá kim-kim-khuànn, 眼巴巴的對著我望。

[153] 歹勢：pháinn-sè, 不好意思。

[154] 甲：kah, 到，到……的程度。

[155] 重耽：tîng-tânn, 差錯、出入。

[156] 加：ke, 多。

[157] 扞：huānn, 掌理、掌管。

門，有看著我佮伊講話，問我講啥？我講「無」，阿爸叫我莫插[158]彼个人，講伊是一个無志氣的無路用人[159]。

看伊漢緣都袂穤[160]，thah 會[161]遐無人緣，講--起-來佇阮[162]彼附近攏嫌--伊，頭起先[163]我想講是家境穤予人嫌，閣毋是，伊是「博濟」的後生[164]。你毋捌聽過「博濟」？彼[165]是彰化的一間大病院，in 兜幾代攏是做先生[166]--的。恁[167]講是「醫生」，無要緊。過幾擺，伊來糴米攏會揣我講話，伊眞愛講笑，我想講這个是「姼仔詼[168]」，

---

[158] 插：tshap, 理睬。
[159] 無路用人：bô-lōo-iōng-lâng, 窩囊貨。
[160] 袂穤：bē-bái, 不錯、不壞。
[161] thah 會：thah-ē, 怎麼會。
[162] 阮：guán, 我們，不包括聽話者。
[163] 頭起先：thâu-khí-sing, 剛開始。
[164] 後生：hāu-sinn, 兒子。
[165] 彼：he, 那個。
[166] 先生：sian-sinn, 醫師。
[167] 恁：lín, 你們。
[168] 姼仔詼：tshit-á-khue, 喜歡用言語挑逗女子，吃女孩子

莫怪[169]予人看無目地[170]，tshím[171]欲約--我的時，予我共伊「get-out 捙糞斗[172]」，伊厚面皮，閣約，在來[173]人約會，毋是茶房就是戲園抑[174]公園，這箍[175]菁仔欉[176]講欲約我去野外。你講「八卦山看大佛」--喔？阮在地人規工[177]佇山跤[178]予大佛看，敢[179]袂厭？無咧倯[180]講！

一--來是好玄[181]，二--來是袂堪得[182]伊

豆腐的男子。

[169] 莫怪：bo̍k-kuài, 難怪、怪不得、無怪乎。

[170] 看無目地：khuànn bô ba̍k-tē, 瞧不起、看不起。

[171] 寝：tshím, 初、剛剛。

[172] 捙糞斗：tshia-pùn-táu, 翻筋斗。

[173] 在來：tsāi-lâi, 一向、向來。

[174] 抑：iah, 或是。

[175] 箍：khoo, 計算人的單位，貶意。

[176] 菁仔欉：tshinn-á-tsâng, 呆頭鵝、二楞子。

[177] 規工：kui-kang, 整天。

[178] 山跤：suann-kha, 山腳。

[179] 敢：kám, 疑問副詞，提問問句。

[180] 倯：sông, 俗氣、土氣。

[181] 好玄：hònn-hiân, 好奇。

[182] 袂堪得：bē-kham-tit, 禁不起、禁不住。

纏。我想講光天白日也袂按怎[183]，殘殘豆干切--五-角[184]，佮伊出--去-一-擺。阮去渡船頭 tshit 迌[185]，彼是大肚溪邊一个地號名[186]，彼陣算眞野郊。阮兩个攏騎鐵馬，一台鐵馬載甲[187]物件[188]實實[189]，攏是食物，閣有一个柴架仔毋知欲創啥[190]。彼工眞好天，日頭炎毋過袂眞熱，沿路風微微，伊那[191]踏鐵馬那唱歌，唱啥物歌--喔？我嘛聽無，敢若[192]是佗[193]一國的 Folk-song(Forukhuh-sóng)，ah，是 Siâng.Sóng--啦，

[183] 按怎：án-tsuánn, 怎麼樣。
[184] 殘殘豆干切--五-角：tshân-tshân tāu-kuann tshiat--gōo-kak, 形容豁出去了。
[185] tshit 迌：tshit-thô, 玩、遊玩。
[186] 地號名：tē-hō-miâ, 地名。
[187] 載甲：tsài kah, 載得。
[188] 物件：mih-kiānn, 東西。
[189] 實實：tsa̍t-tsa̍t, 塞得滿滿。
[190] 創啥：tshòng siánn, 幹麼。
[191] 那……那……：ná…… ná……，一邊……一邊……。
[192] 敢若：kánn-ná, 好像。
[193] 佗：toh, 哪(一)。

就是法國港口的情歌。伊那會曉[194]？當然，伊是法國轉--來-的！我看先講伊的代誌，你聽較有。

In 兜本底是漢醫，開漢藥房，到 in 老爸就去日本讀醫科，改開西醫，in 兩个兄哥嘛攏是日本醫科大學卒業--的，自細漢[195]伊就眞巧[196]，眞 gâu[197]讀冊[198]，in 阿爸想講這个屘仔[199]上[200]有前途，欲好好共栽培，哪知大漢了後，煞[201]狡怪[202]，講欲學畫圖、學刻物件。阮遐是有人咧刻佛仔[203]，毋過刻

---

194 會曉：ē-hiáu, 知道、懂得。
195 細漢：sè-hàn, 小時候。
196 巧：khiáu, 聰明、機靈、靈光。
197 gâu：善於、長於。
198 讀冊：thak-tsheh, 讀書。
199 屘仔：ban-á, 老么。
200 上：siōng, 最。
201 煞：suah, 竟然。
202 狡怪：káu-kuài, 不聽話、不合作。
203 佛仔：pu̍t-á, 佛像。

一身[204]趁無幾圓。In 老爸眞受氣[205]，講若毋讀醫科，無，嘛著[206]讀法科，做律師抑是法官，講毋聽，就無欲予伊讀，尾--仔[207]有落軟[208]，去日本讀法律，哪知伊本科毋好好仔讀，攏去聽藝術的課程。成績穤，予人退學，閣走去法國流浪，講是學畫，無錢就共厝--裡討，in 老母毋甘[209]，猶是會偷寄予--伊。彼陣伊實在是欲三十--矣，毋過看--起-來敢若少年家仔[210]--咧。In 老爸知影做老母--的有寄錢予後生，就硬共斷掉，欲逼伊轉--來。

人毋是按呢[211]才笑伊無志氣、無路

---

204 身：sian, 計算偶像、雕塑人像的單位。
205 受氣：siūnn-khì, 生氣、發怒。
206 著：tio̍h, 得、要、必須。
207 尾--仔：bé--á, 後來、最後。
208 落軟：lo̍h-nńg, 軟化、不再堅持。
209 毋甘：m̄-kam, 捨不得、不忍。
210 少年家仔：siàu-liân-ke-á, 小伙子、少年人。
211 按呢：án-ni, án-ne, 這樣、如此。

用[212]--的，伊的個性佮普通查埔人無啥相仝[213]，愛做厝--裡的工課[214]，料理煮食、款[215]厝內、車衫做裁縫，連厝--裡飼雞飼鴨的工課嘛伊咧貿[216]做，彼陣的社會講伊是查某體[217]，無查埔氣慨。彼工阮佇渡船頭食的物件攏是伊料理--的，眞好食！伊紮彼个柴架仔是畫架，叫我做 moo-lé-luh[218]，佇大肚溪邊予伊畫，你欲看彼幅畫--毋？是油畫，吊佇阮房間。伊講流浪的故事閣唱歌予我聽，攏是我毋知的世界。

過兩個月，伊家己來講親情[219]，阮阿爸毋肯。阿爸自細漢就眞惜--我，驚[220]我嫁了後

212 無路用：bô-lōo-iōng，沒有用、沒用處。
213 相仝：sio-kâng，相同。
214 工課：khang-khuè，工作，「功課」的白話音。
215 款：khuán，整理、收拾。
216 貿：ba̍uh，包辦、總攬。
217 查某體：tsa-bóo-thé，舉止像女性。
218 moo-lé-luh：模特兒。
219 講親情：講 tshin-tsiânn，提親。
220 驚：kiann，怕、害怕。

食苦，一个無才調[221]趁錢飼某囝的人有啥志氣？有啥路用？我是一个查某囡仔人，心内是眞有意愛，總--是彼毋是我家己會當做主--的。有一个暗時[222]，伊偷走來揣--我，講阮的婚姻若家己毋去爭取，就袂有結局，伊無欲閣蹛彰化，想欲去別位[223]過日，我若肯，就包袱仔款款--咧，透暝[224]綴[225]伊走。我想著阿爸阿母，實在走袂開跤[226]，流目屎[227]共伊拒絕。彼暝，我睏攏袂去[228]，到半暝，peh[229]--起-來，伊煞徛[230]佇我窗仔外的樹仔跤等規暝[231]。

---

[221] 才調：tsâi-tiāu, 能力、才能、本領。
[222] 暗時：àm-sî, 晚上。
[223] 別位：pa̍t-uī, 別處、他處、其他地方。
[224] 透暝：thàu-mî, 徹夜、連夜。
[225] 綴：tuè, 跟、隨。
[226] 走袂開跤：tsáu-bē-khui-kha, 脫不開身。
[227] 目屎：ba̍k-sái, 眼淚。
[228] 睏袂去：khùn bē khì, 睡不著。
[229] peh：起身。
[230] 徛：khiā, 站。
[231] 規暝：kui mî, 整晚。

阮就按呢走來埔里，伊講遮[232]是眞婧的所在，有山城的氣味，阮用 in 阿母予--伊的錢佇遮買一塊土地，厝是伊家己起--的，這塊菜園仔佮後壁的花園攏是伊整理--的。拄來的時，伊閣佇遮的學校兼教美術，生活嘛是無問題，囝仔一个一个出世，這時，阮佮 in 兜、阮兜都有咧來去--矣，毋過我猶是較愛家己的家庭。

爲著[233]伊的這款個性予社會看做無路用，阮決定欲過一个佮社會無仝款的家庭生活，毋才[234]佇阮兜，查埔--的做一般查某人的日常工課，查某--的著愛陪伴、接待人客，老師，你毋通[235]見怪！這个時代，阮翁佮阮囝[236]去菜市仔買物件，毋但[237]袂予

[232] 遮：tsia, 這裡。
[233] 爲著：uī-tio̍h, 爲了。
[234] 毋才：m̄-tsiah, 才。
[235] 毋通：m̄-thang, 不可以。
[236] 囝：kiánn, 兒子。
[237] 毋但：m̄-tānn, 不只、非但。

人笑，顛倒頭家攏呵咾--in，物件閣算 in 較俗[238]-- 咧。

自頭到尾，in 翁攏恬恬[239]佇邊--仔聽，無插甲一句話，看茶無--矣，就閣燃[240]。大查某囝食飽就轉--去，我的學生佮小妹陪我做聽眾，一時陣，我感覺家己嘛是這个家庭的人。我講欲看主人的作品，伊笑笑講伊較少畫，伊較愛刻物件，伊刻的物件毋是做藝術品來賣來換錢生活--的，佇 in 兜，我所看會著的物件攏是伊的作品。這時，我感覺真見笑[241]，我坐規晡[242]的椅仔佮戶模[243]、桌仔攏佮人咧用--的無啥仝款，遐久的時間我煞若青盲[244]--咧，藝術是用來生活--的，毋是商品，這是我所毋捌想--

238 俗：sio̍k, 便宜。
239 恬恬：tiām-tiām, 安靜、沉默、默默。
240 燃：hiânn, 煮、燒(水)。
241 見笑：kiàn-siàu, 丟人、丟臉、羞恥、羞愧。
242 規晡：kui poo, 半天。
243 戶模：hōo-tīng, 門檻。
244 青盲：tshinn-mî, 失明、瞎眼。

過的代誌。

離開埔里的時，有落雺仔雨[245]，規个[246]山城罩佇雺霧[247]內底[248]，看--起-來就是一幅畫，我是對畫內面走--出-來的，畫外口的世界實在是單調閣無味。

245 雺仔雨：sap-á-hōo, 毛毛雨。
246 規个：kui ê, 整個。
247 雺霧：bông-bū, 霧。
248 內底：lāi-té, 裡面。

紅襪仔廖添丁

電視、報紙，我干焦[1]看球類比賽的新聞，規年迵天[2]攏[3]有世界性的大比賽，無論踢跤球[4]、N.B.A. 的籃球抑是[5]野球[6]，我攏守佇[7]電視前，人若半暝[8]轉播，我就一暝[9]無睏[10]。今年米國[11]的野球，閣[12]是老戲齣[13]，米國聯

---

1 干焦：kan-tann, 只有、僅僅。
2 規年迵天：kui-nî-thàng-thinn, 一年到頭。
3 攏：lóng, 都。
4 跤球：kha-kiû, 足球。
5 抑是：iah-sī, 或是。
6 野球：iá-kiû, 棒球。
7 佇：tī, 在。
8 半暝：puànn-mî, 半夜、午夜、子夜。
9 暝：mî, 夜、晚。
10 睏：khùn, 睡。

盟的「Yankees」拚國家聯盟的「Braves」，佗[14]一隊贏佮[15]我無底代[16]，橫直[17] Boston 彼[18]隊「Red Sox」無贏。我對 Boston 這个[19]都市印象袂穤[20]，毋過[21] in[22] 球隊名「紅襪仔」對我囡仔時[23]的記智[24]閣較[25]有寡[26]意義。

我做囡仔[27]佇庄跤[28]所在[29]讀冊[30]、生活，

---

11 米國：Bí-kok, 美國。
12 閣：koh, 還、又。
13 戲齣：hì-tshut, 戲目、戲碼。
14 佗：toh, 哪(一)。
15 佮：kap, 和、與。
16 無底代：bô tī-tāi, 不相干。
17 橫直：huâinn-tit, 反正。
18 彼：hit, 那。
19 个：ê, 個。
20 袂穤：bē-bái, 不錯、不壞。
21 毋過：m̄-koh, 不過、但是。
22 in：他們。
23 囡仔時：gín-á-sî, 小時候。
24 記智：kì-tì, 記憶、記性。
25 閣較：koh-khah, 更加。
26 寡：kuá, 一些、若干。
27 做囡仔：tsò-gín-á, 孩提、幼時。

作穡人[31]無人咧[32]穿鞋，閣較免講是襪仔，彼陣[33]的寒--人[34]，有當時仔[35]透早[36]路--裡[37]塗跤[38]會結霜，阮[39]嘛[40]是褪赤跤[41]若[42]粟鳥仔[43]那[44]行[45]那趒[46]，就是毋穿鞋仔。連鞋仔都無人咧穿--

---

[28] 庄跤：tsng-kha, 鄉下。
[29] 所在：sóo-tsāi, 地方。
[30] 讀冊：tha̍k-tsheh, 讀書。
[31] 作穡人：tsoh-sit-lâng, 農人。
[32] 咧：leh, 在。
[33] 彼陣：hit-tsūn, 那時候。
[34] 寒--人：kuânn--lâng, 冬天。
[35] 有當時仔：ū-tang-sî-á, 有時候。
[36] 透早：thàu-tsá, 一早、大清早。
[37] 路--裡：lōo--nih, 路上。
[38] 塗跤：thôo-kha, 地面、地上。
[39] 阮：guán, 我們，不包括聽話者。
[40] 嘛：mā, 也。
[41] 褪赤跤：thǹg-tshiah-kha, 打赤腳。
[42] 若：ná, 好像、如同。
[43] 粟鳥仔：tshik-tsiáu-á, 麻雀，又稱「厝角鳥仔」。
[44] 那……那……：ná…… ná…… ，一邊……一邊……。
[45] 行：kiânn, 行走。
[46] 趒：tiô, 跳、跳動。

啊，欲哪[47]有人穿襪仔？

我讀國校仔[48]的時，雖罔[49]我的成績攏是頭[50]名--的，毋過佇學校上[51]得人惜[52]--的是一个查某囡仔[53]，in[54] 阿爸是阮[55]庄的富戶，彼个查某囡仔讀三年的時捌[56]佮我仝[57]班--過，毋過佇阮升四年的時陣[58]，in 兜[59]就攏徙[60]去米國--矣[61]，彼[62]是我做囡仔頭一个戀慕的對象，

---

47 欲哪：beh-nah, 詰問如何。
48 國校仔：kok-hāu-á, 國民學校，簡稱國校。
49 雖罔：sui-bóng, 雖然。
50 頭：thâu, 第一名、最前面的。
51 上：siōng, 最。
52 得人惜：tit-lâng-sioh, 討人喜歡。
53 查某囡仔：tsa-bóo gín-á, 女孩子。
54 in：第三人稱所有格，他的。
55 阮：guán, 我的，第一人稱所有格。
56 捌：bat, 曾。
57 仝：kāng, 相同。
58 時陣：sî-tsūn, 時候。
59 兜：tau, 家。
60 徙：suá, 遷移。
61 --矣：--ah, 語尾助詞，表示完成或新事實發生。
62 彼：he, 那個。

我上課無心無情，過幾工[63]，學校閣重分班，我換一个查埔[64]的少年老師教，頭擺[65]上課，老師講伊[66]歡喜做阮的導師，閣特別講班--裡有一个成績足[67]好的同學，希望同學攏向伊學習、請教，講了，煞[68]叫出我的名。罕得[69]予[70]人按呢[71]公開呵咾[72]，我感覺眞歹勢[73]，彼个少年老師穿插[74]眞媠氣[75]，白 siah-tsuh[76] 結 ne-khuh-tái[77]，洋麻褲，佮阮庄作穡[78]的大人完全無仝，

---

63 工：kang, 天、日。
64 查埔：tsa-poo, 男性。
65 擺：pái, 次，計算次數的單位。
66 伊：i, 他、她、牠、它，第三人稱單數代名詞。
67 足：tsiok, 非常。
68 煞：suah, 竟然。
69 罕得：hán-tit, 難得、少有。
70 予：hōo, 讓；被。
71 按呢：án-ni, án-ne, 這樣、如此。
72 呵咾：o-ló, 讚美。
73 歹勢：pháinn-sè, 不好意思。
74 穿插：tshīng-tshah, 穿著。
75 媠氣：súi-khùi, 好看。
76 siah-tsuh：襯衫。
77 ne-khuh-tái：領帶。

我眞欣羨。

翻轉工[79]，我眞早就去到學校，共[80]新課本提[81]出來讀，哪知老師嘛眞早就來，看我家己[82]咧讀冊，行來坐我邊--仔[83]，嘛提一本冊出來讀。我問伊講：

「你都咧做老師--矣，哪著[84]閣讀冊？」

「我就是眞愛讀冊，毋才[85]會做老師。」伊閣神秘神秘講：「我毋但[86]愛讀冊 niâ[87]，我閣想欲[88]寫冊--咧！」

「冊毋是攏是政府分[89]--的？欲按怎[90]寫

---

78 作穡：tsoh-sit，種田。
79 翻轉工：huan-tńg-kang, 隔日、翌日。
80 共：kā, 把、將。
81 提：thėh, 拿。
82 家己：ka-tī, 自己。
83 邊--仔：pinn--á, 旁邊。
84 著：tiòh, 得、要、必須。
85 毋才：m̄-tsiah, 才。
86 毋但：m̄-tānn, 不只、不光。
87 niâ：而已。
88 想欲：siūnn-beh, 想要。
89 分：pun, 分送、分發。

冊？」

老師予[91]我看伊咧讀的冊，到今[92]我猶[93]會記得冊名是「跳舞提名冊」，作者是一个叫做『左拉』--的。我毋知半項，老師就共[94]我講彼本冊的故事，是講愛情--的，伊講就是想欲寫這款[95]的冊，彼是我頭一本知的「課外冊」，嘛頭擺知影[96]有人是專門咧寫冊--的，無議悟[97]日後我嘛行上這條路。彼工故事講無了，就有學生來--矣，『早讀時間』，老師講班--裡需要有一个班長，毋知 siáng[98] 較適當？這時，校長 tshuā[99] 一个學生來，講是這學期

90 按怎：án-tsuánn, 怎麼樣。
91 予：hōo, 讓；給。
92 今：tann, 現在、如今。
93 猶：iáu, 還。
94 共：kā, 跟、向。
95 這款：tsit khuán, 這種。
96 知影：tsai-iánn, 知道。
97 無議悟：bô-gī-gōo, 沒想到、沒料到。
98 siáng：誰、甚麼人，啥人 (siánn-lâng) 的合音。
99 tshuā：帶領、引導。

對[100]都市轉--來-的，欲讀阮這班。

新同學自我介紹講 in 老爸是派出所新來的主管，in 規家[101]攏搬來遮[102]，佇學校伊是野球的選手，希望會當[103]參加這个學校的球隊。彼陣，阮規班無人知影啥物[104]野球，嘛毋知學校會使[105]組球隊。

阮閣繼續討論選班長，老師講我是班長適當的人選，成績好，捌做--過，有經驗，毋過做班長著犧牲家己寶貴的時間，應該換別人來服務眾人。我知影老師有咧替我設想，做班長有真濟[106] li-li khok-khok[107] 的工課[108]，逐[109]工比

---

100 對：uì, 從、由。

101 規家：kui ke, 全家。

102 遮：tsia, 這裡。

103 會當：ē-tàng, 可以。

104 啥物：siánn-mih, 什麼。

105 會使：ē-sái, 可以、能夠。

106 濟：tsē, 多。

107 li-li khok-khok：林林總總、雜七雜八。

108 工課：khang-khuè, 工作,「功課」的白話音。

109 逐：ta̍k, 每一。

同學較早來，較晏[110]轉--去，責任真重。老師閣講這个新來的同學，佮逐个無啥熟似，應該愛[111]先服務班--裡，做班長嘛是真好的機會。結局是阮兩个 hông[112] 提名做候選人，講有三工的時間予阮做宣傳活動，拜六才欲投票予同學做決定。

在來[113]阮選班長攏是老師指定 siáng 就 siáng，嘛捌予逐个同學選，毋過是當場隨[114]投票，毋捌有真正的選舉運動。第二工，我佮平常時仝款[115]，無特別做啥物，哪知這个煞親像[116]人咧選民意代表按呢，囡仔人[117]嘛若大人結 ne-khuh-tái，穿皮鞋，用白紙寫伊的名「吳添丁」見人就分。老師鼓勵我嘛學伊做文宣，

---

[110] 晏：uànn, 晚、遲。
[111] 愛：ài, 要、必須。
[112] hông：「予人 (hōo lâng)」的合音，被人。
[113] 在來：tsāi-lâi, 一向、向來。
[114] 隨：suî, 立刻、立即。
[115] 仝款：kāng-khuán, 一樣。
[116] 親像：tshin-tshiūnn, 好像、好比。
[117] 囡仔人：gín-á-lâng, 小孩子家。

按呢才有成[118]眞正的選舉。我想想--咧[119]，就寫一張海報，講請投予吳添丁，予伊有機會替同學服務。老師看--著，講按呢違規，袂使[120]公開替對手摸票[121]。我想講老師毋是有講--過，欲予新同學有機會服務眾人，這時閣叫我著好好仔佮伊競選，敢[122]毋是眞奇怪？

拜五早起[123]，吳添丁換穿一雙長紅襪仔配球鞋來，伊利用『早讀時間』共同學講伊穿這雙紅襪仔是代表伊的熱情、有活力，伊若做班長會用這款精神服務逐个。別班--的聽著[124]風聲，無掛[125]讀冊，攏走[126]來看這个穿紅長襪

---

118 成：sîng, 像。
119 --咧：--leh, 置於句末，用以加強語氣。
120 袂使：bē-sái, 不可以。
121 摸票：giú-phiò, 拉票。
122 敢：kám, 疑問副詞，提問問句。
123 早起：tsái-khí, 早上。
124 聽著：thiann-tio̍h, 聽到。著：tio̍h, 到，動詞補語，表示動作之結果。
125 掛：khuà, 把事情放在心上。
126 走：tsáu, 跑。

仔的怪人，佇教室的窗仔門外口櫼[127]一陣[128]人，若像[129]動物園看猴山仔[130]按呢。我全款無做啥物運動，導師叫我嘛學寡選舉步數[131]，毋過我眞正無想欲閣做班長，嘛袂曉[132]選舉的齣頭[133]。拜六透早，伊比我較早來，看著同學就提糖仔請--人，拜託逐家支持，看著我干焦笑，無講甲[134]一句話。

升旗了，頭節課，老師講欲開班會選班長，有兩个候選人，我抽著一號，吳添丁二號，老師講阮會使上台演講五分鐘，發表政見。我毋知欲講啥，徛[135]佇台仔頂面[136]紅紅，

---

[127] 櫼：tsinn, 擠、擁擠。
[128] 陣：tīn, 群。
[129] 若像：ná-tshiūnn, 彷彿、好像、猶如。
[130] 猴山仔：kâu-san-á, 猴子。
[131] 步數：pōo-sòo, 手段、方法、辦法。
[132] 袂曉：bē-hiáu, 不懂、不會。
[133] 齣頭：tshut-thâu, 名堂、把戲、花招。
[134] 甲：kah, 到。
[135] 徛：khiā, 站。
[136] 面：bīn, 臉。

尾--仔[137]干焦報家己的名，就落--來。二號的候選人講伊吳添丁，會號[138]這个名，就是若像廖添丁按呢，欲勇敢替人做代誌[139]，伊若做班長，會逐工用廖添丁的精神，穿一雙紅襪仔，爲班--裡的代誌骨力[140]走從[141]，希望逐个予伊有機會服務班--裡。投票的結果，我有七票，伊三十八票，老師宣佈吳添丁當選，伊共賰[142]的糖仔閣分予逐个，連我嘛有一粒。老師看--著，問--起-來，才知影伊早起就有咧分--人，講伊違反選舉，用糖仔買票，取消伊的當選資格。這時，對門喙[143]有一个大人行--入-來，抗議老師。彼个是吳添丁 in 阿爸，也就是派出所的主管，毋過無穿警察衫。伊講 in 後生分糖仔毋是選舉咧買票，是新同學爲欲佮逐个有交

---

137 尾--仔：bé--á, 最後、後來。
138 號：hō, 取名。
139 代誌：tāi-tsì, 事情。
140 骨力：kut-la̍t, 努力。
141 走從：tsáu-tsông, 奔走。
142 賰：tshun, 剩下。
143 門喙：mn̂g-tshuì, 門口。

陪[144]，才請逐个食，準講[145]無選班長，伊嘛會紮[146]糖仔來請。兩个會[147]一睏[148]，無結論。尾手[149]，in 煞來問--我，講吳添丁有糖仔請--我-無？若我食有著，表示爲交陪才請--的，若無予--我，就是買票的行爲。我想想--咧，回答講我嘛有食著伊分的糖仔。這層[150]代誌就解決--矣。

後一个拜一，放學欲轉--去[151]的時陣，吳添丁來佮我鬥陣[152]行，講 in 阿爸欲請我去 in 兜，我足驚[153]，庄跤人若有警察大人欲揣[154]，

---

144 交陪：kau-puê, 交往、交際、打交道。
145 準講：tsún-kóng, 假設、如果。
146 紮：tsah, 攜帶。
147 會：huē, 談論。
148 一睏：tsit-khùn, 一會兒、一下子。
149 尾手：bué-tshiú, 後來。
150 層：tsân, 計算事情的單位。
151 轉--去：tńg--khì, 回去。
152 鬥陣：tàu-tīn, 一起、偕同。
153 驚：kiann, 怕、害怕。
154 揣：tshuē, 找、尋找。

定著[155]無啥好空[156]。伊叫我免煩惱，in 阿爸袂欺負好人，干焦欲佮我熟似 niâ。In 蹛[157]佇派出所後壁[158]的宿舍，日本式的厝。In 阿母有攢[159]點心咧等，我毋捌看--過的糖仔餅。In 阿爸講尾--仔有問 in 後生[160]，講拜六早起無請我食糖仔，按呢講--來，是吳添丁毋著[161]，問我哪會[162]講白賊話[163]？我驚驚[164]，想講這个警察欲掠[165]我講嘐潲話[166]，就堅持諍[167]講伊有請--我。阿伯煞笑笑，呵咾我是一个有愛心的好囡

---

155 定著：tiānn-tio̍h, 必定、一定、肯定。

156 好空：hó-khang, 搞頭、好處。

157 蹛：tuà, 住。

158 後壁：āu-piah, 後面。

159 攢：tshuân, 準備。

160 後生：hāu-sinn, 兒子。

161 著：tio̍h, 對。

162 哪會：nah-ē, 怎麼會。

163 白賊話：pe̍h-tsha̍t-uē, 謊言、謊話。

164 驚驚：kiann-kiann, 怯生生、怕怕的。

165 掠：lia̍h, 捉拿、取締。

166 嘐潲話：hau-siâu-uē, 謊言。

167 諍：tsìnn, 爭辯、強辯。

仔，吩咐添丁愛學--我，為別人解決問題的精神才是真正的廖添丁。嘛交代伊愛共班長的工課做予好勢[168]，才袂無彩[169]我的心意。

閣來，佇學校，別班的同學攏叫吳添丁是紅襪仔，彼是伊明顯的標誌，有時會換短襪仔，毋過猶是紅--的，阮全班--的就叫伊廖添丁，伊體育真 gâu[170]，耍[171]『躲避球』真厲害，確實有廖添丁的範勢[172]。重要--的是伊佮我變做上蓋[173]好的朋友，定定[174]紮好食物仔來，講是 in 阿母叫伊紮來予--我-的，伊閣會講都市學生的代誌予我聽，攏是我感覺奇怪--的，親像講有一種物件叫做「電視」，內底[175]

---

168 好勢：hó-sè, 妥當。
169 無彩：bô-tshái, 浪費。
170 gâu：善於、長於。
171 耍：sńg, 玩耍。
172 範勢：pān-sè, 樣子。
173 上蓋：siōng-kài, 最。
174 定定：tiānn-tiānn, 常常。
175 內底：lāi-té, 裡面。

有人會唱歌予人聽，嘛有 bàng-gah[176]，眞好看。我感覺伊講--的實在是「講 bàng-gah[177]」。

這个少年老師共阮教三個月 niâ，in 爸仔母仔蹛佇別位[178]，有申請轉調，公文落--來，講是欲去一間都市學校，上尾[179]一工，我特別較早來教室，老師敢若[180]佮我約好--的，嘛眞早就來。我共伊會失禮[181]，講選班長彼工講白賊，我是驚老師佮警察冤家[182]，會予警察掠--去。老師笑笑，嘛呵咾講我是好囡仔，會曉[183]替人想，伊閣講吳添丁 in 阿爸有共伊會失禮，代誌無像我想--的遐[184]嚴重，上蓋重要--的是伊知影我佮廖添丁變好朋友。想袂到老師嘛知

---

[176] bàng-gah：卡通。
[177] 講 bàng-gah：講天方夜譚。
[178] 別位：pa̍t-uī, 別處、他處、其他地方。
[179] 上尾：siōng bué, 最後。
[180] 敢若：kánn-ná, 好像。
[181] 會失禮：huē sit-lé, 賠禮、道歉、賠罪。
[182] 冤家：uan-ke, 吵架、爭吵。
[183] 會曉：ē-hiáu, 知道、懂得。
[184] 遐：hiah, 那麼。

影吳添丁有這个外號。老師講伊彼工無共『左拉』的故事講了，彼本《跳舞提名冊》伊讀了--矣，欲送我做記念。

我佮紅襪仔廖添丁的感情嘛維持無偌久[185]，伊做一學期的班長，有影[186]眞熱心，班--裡人人呵咾，閣定定紮糖仔來請規[187]班食，哪知到後一个學期，in 阿爸閣 hông 派去別位，歇寒[188]的時，也無佮我相辭[189]，就走--矣。我是到開學才知--的，校園內，彼个若像大人結 ne-khuh-tái，穿鞋閣紅襪仔--的看無伊的影跡。彼學期過，庄--裡就有人蓄[190]一台電視，我走去看，有影有咧搬[191]『太空飛鼠』的『卡通影片』，毋是紅襪仔咧講 bàng-gah--的。

---

185 無偌久：bô-juā-kú, 不久。
186 有影：ū-iánn, 的確、眞的。
187 規：kui, 整個。
188 歇寒：hioh-kuânn, 放寒假。
189 相辭：sio-sî, 告別、告辭、辭行。
190 蓄：hak, 添置、購置，金額較高。
191 搬：puann, 放映、演出。

這世人[192]我毋捌閣搪著[193]彼个老師抑是紅襪仔廖添丁，有一改[194]看報紙，有看著一个叫做「吳添丁」--的當選縣議員，我毋知是毋是仝名--的，應該是伊才著，伊自細漢[195]就遐 gâu 做文宣，選議員無困難，我希望伊毋是買票才當選--的。

192 這世人：tsit-sì-lâng, 這輩子。
193 搪著：tn̄g-tio̍h, 遇到。
194 改：kái, 計算次數的單位。
195 細漢：sè-hàn, 小時候。

Asia Jilimpo
陳明仁

《Pha荒ê故事》

第三輯：田庄浪漫紀事

(教羅漢字版)

離緣

米國短篇小說家 O.Henry(1862-1910)寫過 1 篇關係翁 bó beh 離婚ê 故事，講 tī 中南部 ê Tennessee 有 1 對 tòa tī 山內 ê 翁 á-bó，去法院要求 beh 辦離婚手續，tī 法官面前，互相 tâu 對方眞害，根本無法 tō koh 生活 tàu-tīn。法官講若確實是雙人 ê 意願，án-ni 交 5 khơ 銀 ê 手續料，就會sái 開 1 張正式官方 ê 離婚文件 hō-- in。做翁婿--ê 總財產 tú 好是 1 張 jiâu-phè-phè 5 khơ ê 銀票，就交 hō 法官。In bó 講結婚 10 外冬，這時無 tè 去，kiám-chhái 就去 koh-khah 深山 hia，óa 靠 i ê 大兄過日，m̄-koh beh 行 hiah 遠 ê 路途，應該 ài 有 1 雙鞋 á thang 穿，mā 順續買 1 領外衫，i kā 法官要求 in 翁 ài hō i 5 khơ 銀做離婚後 ê 補貼。執法者認爲 che 是公道 ê 請求，命令翁婿 tio̍h koh the̍h 出補貼金 hō in bó。Cha-pơ--ê 講 i 無半 sián--a，若 bîn-á-chài，hōan-sè i 會 tàng khêng 出這筆錢。法官講離婚文件先khǹg chia，聽候 i 當面付出 5 khơ，chiah 有算手續完備。執法者爲著今 á 日有 5 khơ ê 收入，下班 ê 時心情歡喜，事不知中途 tú 著搶匪，kā hit 5 khơ 劫--去。

翻tńg 工，hit 對翁 bó chiâⁿ 實 koh 來，in tī 城內朋友 tau 暫居 1 暝 niâ。翁婿當法官 ê 面 jîm 出 1 張 jiâu-phè-phè ê 5 khơ 銀票出--來，交 in bó，法官 mā kā 文件發 hō͘--in。翁 bó 相辭 ê 時，bó 驚翁 1 kóa 生活細節 bē-hiáu，交帶 i 眞 chē 日常雜事，講到尾，chiah 知 2 人 lóng 是 leh 講氣話，根本 lóng 無眞正想 beh 離婚。法官警告講 in 這時 m̄ 是法定 ê 翁 bó 關係，若 koh tòa 做夥，會違法，尾手，in bó koh kā hit 張 5 khơ ê 紙票交--出來，做辦結婚手續 ê 料金。Hit 對翁 bó chiah 歡喜 tńg 去內山。

Che 是1 篇 A-tok-á 古典ê 離婚故事，ká-sú 你 bē kah-ì，無要緊，我會 sái koh 講另外 1 個台灣 ê kó͘，he kāng 款是田庄翁 bó ê 離婚事件，m̄-koh 台語 kā 「離婚」叫做「離緣」，就是

「無緣」了後，koh tiȯh-ài 離開「生活環境 ê 一切」。離緣是 2 個人 ê tāi-chì，這對翁 bó͘ m̄ 是社會有 siá^{n}-mih 名聲 ê 人，tȧk-ê iáu 無 kài 熟 sāi，我應該先 kā in 介紹--1 下。

你kám bat 聽過圳寮 á 這個所在？Hōan-sè 你知，m̄-koh 無的確就是我 beh 講 ê 這個庄頭，台灣 kāng 款地號名--ê 是滿 sì-kòe，我講 ê 圳寮 á 是雲 á 舍 tòa ê hit 庄。你 m̄ bat 雲 á 舍？吳雲是 ùi 日本時代就做保正 ê 紳仕，爲著尊 chhûn--i，lóng 叫 i 雲 á 舍。雲 á 舍一生錢、勢齊全，婚姻美滿，家庭幸福，無 siá^{n} 事會 hō͘ i 操煩掛心，kan-ta^{n} 1 個 ban-á cha-bó͘ kiá^{n} 蓮治，眞 kā i lêng-tī。

雲 á 舍 3 個後生 lóng 眞有出脫，栽培去日本讀冊，未來 m̄ 是醫生就是辯護士，這個蓮治 m̄ 知出世 ê 時辰沖煞著 siá^{n}-mih，眞 oh 教示，自細漢就愛 sńg，讀冊是 phāi^{n} 冊 phāi^{n}-á tòe sōm--ê，國校出業了後，同學招去學剃頭，厝--nih 本底是無允准，m̄-koh 蓮治自來也 sēng gah siu^{n} 嬌，愛風就風講雨就 beh 有雨，無隨在 i 去也 bē 直。學萬般工夫 lóng tio̍h 3 年 4 個月 chiah 會出師，剃頭 mā kāng 款，蓮治頭--á 興興尾--á 冷冷，幾工心適興過了，愈想愈無趣味，師父 koh kā i 講：

「學剃頭 m̄ 是親像你想--ê hiah 簡單，1 支刀利劍劍 sa tī 手--nih，人客 kā 面 kap kui 粒頭殼交 hō͘--你，無用心斟酌 beh nah 會 sái。」

蓮治無 hit 款耐性，無到 1 個月就 làu-phâu，tńg 去食 ka-tī。這個姑娘 á tī hit 個時代來講，會 sái 講是 siu^{n} 過活跳，騎 1 台紅 kì-kì ê 鐵馬 sì-kòe 去，無 1 個時 êng。Mā 去學裁縫做洋裝、百貨店做店員、戲台賣票顧口兼顧鐵馬、tòe 戲班去 beh 學歌 á 戲，會 sái 講人若招就去，無所不至，無 1 途工夫學有出師 chiū^{n} 手--ê。Ka-chāi 厝--nih 無欠 i tàu 趁錢，雲 á 舍也就準 chhi^{n}-mî 臭耳，據在 i 心適興去 bú。目 1 下 nih，都也 18 歲--a，愈大 hàn soah 愈 súi，附近 1 kóa 少年 á ná 胡蠅想 beh tam 臭 lia̍p-á，行 kha 到 ê 所在就 tòe leh iā^{n}-iā^{n} 飛。老母煩惱 cha-bó͘ kiá^{n} 緊早慢會 hō͘ 人拐--去，做出 siá^{n}-mih kiàn-siàu tāi，想講 liōng-khó khah 早嫁嫁--leh，做人 ê 新婦 hōan-sè khah 會 tiā^{n}-tio̍h。雲 á 舍有 i ê 社會行情，目頭生成會 khah kôan，按算 beh kā cha-bó͘ kiá^{n} 做 hō͘ 門風 khah 相當--ê，講--是富上添富，貴 koh-khah 貴，總--是 mā 爲蓮治 ê 幸福設想。

Nah 知蓮治 soah 去 kah-ì 著 1 個賣麥芽糖 ê 販 á，騎 i ê phā^{n} 鐵馬 tòe 賣麥芽糖--ê 1 庄 1 庄 lin-long se̍h。雲 á 舍替 i chhōe ê kiá^{n} 婿條件眞好，i 就是無愛，sian kā 勸都 bē hoan-chhia，koh 應嘴應舌講：

「你 kan-ta^{n} 知影錢 kap 地位，無感情是 beh án-chóa^{n} 做翁 bó͘？我甘願嫁 sàn 人 3 頓食糜配菜脯，chiah 無 leh 計較好 gia̍h sàn--leh。你若有影 hiah kah-ì bē-hiáu 你 ka-tī 嫁！看 2 個 a 嫂嫁來 lán tau，連講話都 m̄ 敢 siu^{n} 大聲，實在可憐，我絕對 m̄ 嫁 hō͘ 好 gia̍h 人做新婦！」

到尾，老 pē chheh 心，下重話講：

「Kā 你安排1 條好好路你 m̄ 行，愛死免驚無鬼 thang 做，kui-khì kā 你嫁 hō͘ 1 個上 sàn 上 m̄-chiâ^{n} 樣--ê，看你會後悔--bē？」

Cha-bó͘-kiáⁿ soah 應講：「嫁 khah sàn--ê mā 贏你 hit 個少爺。」

Kap 圳寮 á 比--起來，竹圍 á 這個庄名應該 koh-khah 普遍，我講 ê 這庄離圳寮 á 差不多騎鐵馬 40 分鐘久，算--起來是 kāng 縣無 kāng 鄉鎮。竹圍 á khah 單純，無親像雲 á 舍這款大粒人物，m̄-koh mā 有像 A 文--哥這款怪人。

A 文--哥 in tau sit 作少，chiah 3 分 thóng 地，算 sòng-hiong 人，i 大部分 ê 時 lóng 會 chhōe 空 chhōe 縫加減趁 kóa 補貼家用。Hit 時ê 庄 kha beh chhōe 會趁錢 ê 工是眞缺，播田、so 草、割稻 á lóng 是 ta̍k-ê 相放伴，無錢 thang 趁，極加是 kā 人駛田、拖甘蔗，步步 lóng tio̍h óa 靠牛，人 kap 牛 ê 關係眞親，若講著 A 文--哥 ê 日子，kap i ê 牛是無 siáⁿ 精差，做暝做日，比牛 khah thiám。我聽厝邊講著 A 文，lóng 是笑笑講「Hit 隻牛」。

庄 kha 人 khah 早嫁娶，A 文歲頭食到 20 外，iáu koh 做羅漢 kha，m̄ 是 in tau 田作少 sàn-chiah，hit chūn 顚倒是田大 phiàn--ê leh oh 娶有

bó͘，tī 無時行自由戀愛 ê 時代，lóng 是 hm̂ 人婆--á tàu 相報，了後安排男女「對看」，chit-má ê 話叫做「相親」。A 文人 pān sán koh 薄板，koh 生做猴猴--á，若 beh hō͘ 姑娘 á 「看」會 kah-ì，有 khah 費氣。雲 á 舍爲 beh há^{n} cha-bó͘ kiá^{n} 蓮治，專工拜託庄內 ê hm̂ 人婆--á chhōe 1 個 khah phái^{n} 看頭 ê cha-po͘ 人，這個 A 文 tú 好有合格，叫蓮治 ka-tī 去竹圍 á 庄看，講若 m̄ 聽老 pē ê 話，kui-khì 就 kā 嫁 hō͘ A 文。Hit 時，蓮治對 hit 個賣麥芽膏--ê tú oan-na 無趣味--a，續嘴就應講：

「免看，嫁 siáng lóng 好。」

A 文娶著雲 á 舍 ê 千金小姐蓮治是附近幾 nā 個庄頭上大條 ê 新聞，眞 chē 原本就 leh kah-ì 蓮治 ê 少年家 á soah lóng leh 怨嘆 pē-á 母 kā ka-tī 生 siu^{n} ian-tâu，厝--nih mā siu^{n} chē 田園，chiah 會失去這個機會。Mā 有人目空赤，kha- chhng 後 êng 話講「súi bó͘ oh 顧」，這個妖嬌 ê 蓮治緊早慢會討契兄 tòe 人走，到時，A 文 mā 是 koh 無 bó͘ 無猴，猴 san-á 變烏龜(kui)。

雲 á 舍無收 A 文ê 聘金，mā 無 kah 嫁妝 hō͘ 蓮治，看會著--ê kan-ta^{n} hit 台陪 i 青春時代 ê 紅鐵馬 á niâ。結婚了，A 文 in pē 母原本 tòa 正身，爲 beh hō͘ 這個好 giàh 人新婦有 khah 好 ê 房，專工讓--出來，2 公婆 á 搬去 tòa 另外搭 ê iap-á，看著新婦無 siá^{n} 嫁妝，soah 有 kóa 反悔。

蓮治嫁 hō͘ A 文，講--來 i mā 是親像 khah 早學師 á án-ni ê 心情，感覺心適興，頭幾工歡喜歡喜，無論 siá^{n}-mih tāi-chì 都 beh 問 gah 1 個眞，A 文去做 khang-khòe mā lóng beh tòe i 去，tī 竹圍á 庄，tiā^{n}-tiā^{n} 看著 i 坐 tī A 文--哥 ê 牛車頂，kap i 有講有笑，有時，也紅鐵馬騎--leh，田野小路 chông 來 chông 去，庄--nih ê 人這 chūn chiah 感覺 A 文--哥實在是猴人行猴運，自來庄--nih iáu 無人娶過 chiah-nī phā^{n} ê 新娘。

過差不多 chiâ^{n} 個月，tī 1 個有出月 niû ê 半暝，蓮治 ka-tī 騎鐵馬 tńg--去後頭厝，in a 母感覺怪奇，自 i 嫁出門，爲著雲 á 舍 iáu leh siū^{n}-khì，連頭 tńg 客都無來去，nah 會這時ka-tī tńg--來，kám 會發生 siá^{n}-mih tāi-chì。蓮治講是無 beh koh 去竹圍 á A 文 in tau--a，i beh 換 koh tòa 厝 --nih。

翻 tńg 工透早，A 文就 chhōe 來到圳寮 á，講 beh chhōa in bó͘ tńg--去，這時，雲 á 舍無關心 mā bē sái--得，kā 2 個少年人叫來問，看是 siáⁿ tāi-chì leh oan-ke nah 會 bú gah 這款形。蓮治講 A 文欺負--i，i 絕對無 beh koh tòa in tau。問 i án-chóaⁿ kāng--i，koh 面紅紅講 bē 出嘴。尾手，kā in 2 個分開問，由雲 á 舍問 kiáⁿ 婿，a 母問 cha-bó͘ kiáⁿ，chiah 知蓮治 m̄ 知結婚眞正 ê 意義，kā 婚姻當做 khah 早去學師 á án-ni，暗時無愛 kap 翁婿睏做夥。A 文體貼蓮治 tú 新婚 ê 少女，都也無 siuⁿ kā 勉強，kui 個月 lóng chhu 被睏塗 kha，kā 眠床讓新娘睏，cha 暝，睏到半暝，想講 tāi-chì 無起 1 個頭 mā bē sái，就 peh 起眠床 beh 攬新娘，nah 知蓮治 tio̍h 驚，隨拚 leh lōng。

雲 á 舍這時 chiah 知 cha-bó͘-kiáⁿ iáu koh gín-á 性，怪 in bó͘ 這個做老母--ê，在來無教，莫怪婚姻 ê 義務都 m̄ 知，2 翁 bó͘ lóng 勸蓮治 ài tòe

A 文 tńg--去，i 是人 tau ê 新婦--a，做後頭--ê mā 無法 tō͘。蓮治講 m̄ 就是 m̄，若 A 文 beh kap i 睏做夥，i 死都 m̄ 去 in tau--a。

Tāi-chì 到 chia 來--a，雲 á 舍頭殼 mơh leh 燒，koh iáu 是 m̄ 甘這個 m̄ 知世事 ê cha-bó͘ kiáⁿ，就叫 A 文先 tńg--去，講 beh khoaⁿ-khoaⁿ-á 勸蓮治。

這個婚姻 ê 結局 iáu 是無成，雲 á 舍用2 分土地 hō͘ A 文，kā i 會失禮賠罪，雙方辦離緣。A 文--哥本底是 m̄ 願，m̄-koh kui 尾 iáu 是 kó͘-ì 人，想講上無 hit 段日子，kap 蓮治 mā 過 gah 眞快樂，雖 bóng 無做過眞正 ê 翁 bó͘，上少 mā 算是好朋友，就答應--a。

蓮治尾--á mā 有嫁--人，he 是 koh 過 3 年ê tāi-chì，聽講是 ka-tī 自由戀愛 ê 1 個國民學校 ê 先生。帖 á koh 放 hō͘ A 文，A 文 m̄ bat 字，去問厝邊。人 kā i 講：

「你 hit 個離緣 ê bó͘ beh 結婚--a，放帖 á 來。」

A 文應人講：「Góan m̄ 是離緣，góan 是無翁 bó 緣！」

聽講 A 文眞正有去食新娘酒，蓮治看著 i 眞歡喜，牽 i 去坐貴賓桌，就當做上好 ê 朋友 án-ni 款待。

照老 1 輩--ê 講，A 文是竹圍 á 庄頭 1 個離過緣 ê 人。

Hip 相師父

Góan i--á 來台北，the̍h 1 張舊 gah 反黃 ê 相片 hō͘ 我看；1 個生做 phòng 皮、好笑神，眞 kó͘-chui ê cha-po͘ gín-á 坐 tī 1 liâu 有半圓邊 ê 竹篾(bi̍h) á 椅 á 內，邊--á khiā 1 個青春 ê súi 姑娘，相片當然是烏白--ê，m̄-koh hit 個姑娘 ê 嘴唇 koh 有胭脂點 gah 紅 kì-kì。I--á 講 hit 個點胭脂 ê 美女就是 i，ah 看--起來眞得人疼 ê 紅嬰 á 就是我！

有影是世事多變化，是 siá^{n}-mih 環境 hō͘ 1 個 phòng 皮好笑神 ê 幼 kiá^{n} 變做 sán-pi-pa 憂頭 kat 面 ê 中年人？45 年 ê 青春，góan i--á beh kā siáng 討？我問講相片內底 ê 胭脂 kám 是 góan a-i ka-tī 愛 súi 點--起 li̍h--ê？I--á 講 hip 相 hit 工 i 有點胭脂，hip--出來 ê 相片當然 mā 有胭脂。Góan i--á 無受過教育，眞 oh kā i 解說烏白 kap 彩色相片 ê tāi-chì，m̄-koh 我想著 he 胭脂應該是 hip 相師父相片洗了 chiah 點--起 li̍h ê。

Góan 有 1 個 a 叔 tī 戲園做辯士，he 是 góan 舅公傳 hō͘--i ê 工夫，i bat chhōa 1 個朋友來 góan tau 過暝，hit 個人客就是 1 個專門 leh kā 人 hip 相 ê 師父。我 hit 時 iáu 未入國民學校，對師父 chah--來 ê 2 箱 á ke-si 眞有趣味，tī 日頭 kha，看 i 1 項 1 項 theh 出來拭。我問 i 各種這 chūn 想--來眞 hàm ê 問題，親像「Hip 相 beh chhòng siá^{n}？」「Hip 相 kap 照鏡有 siá^{n} 無 kāng 款？」「Kám tio̍h 用 hiah chē ke-si chiah 會 tàng hip？」「是 beh án-chóa^{n} hip？」這款問題問 bē 了，kiám-chhái 是 tī góan tau leh 做人客，i lóng 眞頂眞 kā 我解說。詳細--ê 我無 siá^{n} 會記--得，kan-ta^{n} 會記得 i 講：

「Beh kā 人對物件 ê 記智保存 tī 紙頂。」

到這時，我 iáu 眞欽服 i chiah 好 ê 應話。尾--á i 講 bîn-á-chài 隔幾庄有人 beh chhià^{n} i 去 hip 相，我若有趣味，會 tàng tòe--去，兼做 i ê 助手，i 會買 1 支枝 á 冰 hō͘--我，算講是我 ê 工錢。

Beh 去圳寮 á ê 路--nih，我替 i phāi^{n} 1 kha 講

是「té 闊鏡頭 ê 細 kha 箱 á」，i 騎鐵馬，我坐後斗行李架。沿路 lóng 有樹 á，鳥 á chiuh-chiuh 叫。Hip 相師 ná 踏鐵馬 ná khơ-si-á iah 是唱歌，曲調我 lóng 眞熟 sāi，m̄-koh hit 時我 iáu m̄ bat 歌名。Ùi góan 庄到圳寮 á 量其約 á 是騎40 分鐘久，經過差不多半點鐘，有1粒崙 á，邊--á 1 叢老 chhêng-á，樹 kha 有1 間土地公廟 á，1 隻牛 hō͘ 人縛 tī hia，bē 得自由去食草，連烏鶖 mā 欺負--i，tī i ê kha-chiah-phiaⁿ 唱歌、放屎。師父 kā 鐵馬 chhah--起來，緊組 hip 相機，beh hip。我問講：

「也無半個人，你 beh hip siáⁿ？無人 the̍h 錢 chhiàⁿ 你 hip che--lah！」

師父 ná hip ná 笑笑應講：「是我 ka-tī chhiàⁿ 我 hip--ê，你看，畫面 chiah-nī súi，無 kā 這款記智留--落來，kám m̄ 是眞 phah 損？」

我 tī 庄 kha 慣勢，這款看眞 chē--a，也無感覺有 siáⁿ súi，這時 chūn 想--起來，hit 個 hip 相師父是都市 sông。

Hit 工是圳寮 á ê 頭人人稱呼做「雲 á 舍」ê

吳雲 chhià^{n} i 去 hip 相--ê，i ê 細漢後生 tī 日本讀醫學，tńg 來 chhit-thô，koh chhōa 1 個日本姑娘 á 做伴，講是 i ê 未婚妻。雲 á 舍 beh hip 幾張 á 相做記念，順續做家庭 gī-niū。台灣庄 kha 差不多 lóng 會有1 戶 khah 好 gia̍h ê 厝宅，góan 庄是做鎮民代表 hip 口灶，圳寮 á 雲 á 舍 m̄-tā^{n} 厝宅有牆圍 á，厝 koh 是西洋式 ê 疊樓 á，he 是我頭 pái 看著樓 á 厝，紅磚 á 配黃瓦厝頂，tī 翠青 ê 樹林內，看--起來奇怪奇怪，m̄-koh 若 hip 相應該有特別 ê 氣味 chiah tio̍h。

雲 á 舍坐 tī 厝前樹 á kha 泡茶等--góan，應該講是等 hip 相師父。主人問師父講「我是 m̄ 是 in 後生」，我 bē-hiáu 應，bih 喙笑。師父眞正式 kā i 應講：

「這個是我 ê 助手！」

「失敬！」雲 á 舍緊叫厝內人捧茶請--góan，koh 特別 thėh 日本糖 á 餅 hō͘ 我食，包餅 ê 玻璃紙有夠 súi，我 kā hit 幾張玻璃紙保存 chiok 久，koh sì-kòe 去展寶 hō͘ gín-á 伴看。捧茶 ê 小姐穿 chhah 眞時行，lóng 是我在來 tī 庄 kha m̄-bat 看--過 ê，hit 工我有影 1 khơ giàn-thâu giàn-thâu，sông gah 有 chhun，這款助手有 khah làu-khùi。主人介紹講是 i ê 第二新婦，有醫生牌，m̄-koh 厝--nih 無欠 i tàu 趁錢，就無 hō͘ i 去病院上班。

雲 á 舍有 3 個後生，頭 2 個 lóng leh 做醫生，tī 附近 ê 員林開醫生館，細漢後生 iáu 未出業。Koh 有 1 個 cha-bó͘ kiáⁿ，i 就無講 leh chhòng siáⁿ。Kui 家夥 á 有 12 個人，老--ê kap 少年--ê 3 對翁 bó͘，細漢後生、cha-bó͘ kiáⁿ，koh hit 個穿洋裝 ê 日本姑娘，9 個大人，3 個gín-á，一男一女是大 hàn--ê 生--ê，另外 hit 個當然就是捧茶 hit 個新婦 ê kiáⁿ。Tī 厝邊 ê 花園in hip 眞 chē 相片，hip 相師父眞厲害，siáⁿ 人無看鏡頭，iah 是頭鬃亂--去，i lóng 知，叫我kā i tàu 通知 in 整(chiáⁿ)hō͘ 好。我 mā 眞無 êng，3 個 gín-á 都 leh 無 1 個時 êng--a，koh 連細漢 cha-bó͘ kiáⁿ mā 眞káu 怪，我叫 i khiā khah 入--來，i soah 吐舌、kek 鬼 á 面 hō͘ 我看，幾 nā pái，hip 相師父講笑話弄 ták-ê 笑，等 beh hip--落a，cha-bó͘ gín-á koh thut

筆，ơ-pe̍h tín 動。雲á 舍 kā i 笑笑罵講：

「蓮治--á，你mā khah tiā^{n}-tio̍h--leh，án-ni 人 beh án-chóa^{n} hip！」

Hit 個姑娘 ká-ná m̄ 驚𤆬人，kāng 款無 lám 無 ne，大概是嬌慣勢--a。師父 mā 眞 gâu，lóng 會 lia̍h 時間 hip，bú beh 2 點鐘久，也是 hip 10 外組相片。

翻頭 beh tńg--來，koh 來到崙 á 邊大 chhêng-á kha，牛無 tī hia--a，師父 koh kā 鐵馬 chhāi--起來。我問講 beh koh hip siá^{n}-mih，i 笑笑講：

「騎了 thiám，小 hioh--1 下！」

Ta^{n} mā chiah 騎10 分鐘久 niâ，án-ni 就 thiám？我 tú-leh 疑問，就有 1 chūn 鐵馬giang-á 聲 leh 響，1 台紅 ê 鐵馬 á óa--來，騎 ê 人是 hit 個眞 phî ê 姑娘 á 蓮治！I kā 我招呼講：

「上有 pān ê 助手先生！」

我 m̄-bat kap 這款姑娘 chih 接--過，m̄ 知 beh án-chóa^{n} 應話，師父看我 gāng tī hia，the̍h 1 khơ gûn hō--我，講山崙 koh 過，有 1 間 kám-á

店，hia 有leh 賣枝 á 冰，叫我 ka-tī 去買，行路應該 chiah 一、二十分鐘久就到。我 1 個細漢gín-á m̄-bat 出門，小可 á 膽膽，蓮治姑娘講i ê 紅鐵馬會 sái 借我騎。我 soah phái^{n}-sè phái^{n}-sè，hit chūn，我 iáu bē-hiáu 騎鐵馬--leh。尾--á，師父 iáu 是載我去買，蓮治騎 chiok hiông tī 頭前 chhōa 路 ê 款勢，i 穿長花 á 裙騎紅鐵馬， tī 青青 ê 田岸 á 路，真 súi，我想講「che kám m̄ 是 mā 是 1 幅會 tàng 保存ê súi 光景？」師父 ká-ná 無注意--著，也無 beh hip 相。

Góan iáu 未騎到位，蓮治就買枝 á 冰騎 tò-tńg--來a，i 買 chiok chē 支，用芋 á 葉包--leh，góan koh tńg 去 hit 間土地公廟 á ê 樹 á kha 食，in 2 個顧講話，我 chhú 食，也無 leh 聽 in 講 siá^{n}-mih。

我食 3 支冰了，chiah 感覺 in 2 個 ká-ná 有口角，講話聲 sàu 無 hiah 好，我想講無我 ê tāi-chì，在來我食 ê 枝 á 冰 lóng 無紅豆，這款--ê 1 支 ài 5 角 gûn，我 beh nah 買會倒。尾--á，hip 相師父講 i beh tńg 去 ka-tī ê 厝，蓮治會載我 tńg 去

góan tau，拜託我 kā góan 厝--nih ê 人說多謝，目 khơ 紅紅就走--a。

蓮治無隨載我 tńg，tī 樹 á kha 講 in ê tāi-chì hō͘ 我聽，大概 i 生本就愛講話 hō͘ 人聽，也無計較我 1 個猴 gín-á m̄ 知聽有 iah 無。Hōan-sè 就是想講我 m̄ bat 世事 chiah 講來 hō͘ ka-tī tháu 心 khùi--ê。

I 是tī 1 個同學 in tau hip 相 ê 時去熟 sāi 著這個師父，hit chūn i 感覺這個人 leh hip 相 ê 時會講笑話，tiā^{n}-tio̍h 是眞心適 ê 人，想 beh kap i 做朋友，有約去看電影、冰果室、食茶店，幾pái 了後，soah 無感覺 hit 個師父有 siá^{n} 心適，問 i beh kā 人 hip 相 ê 時，hiah-nī 趣味，普通時 nah 會 lóng bē 講笑？師父講：

「我學師 á ê 時，góan 師父有教 góan 1 kóa 笑話，講 tio̍h-ài án-ni，hip 相 chiah 有笑面，hip--出來 ê 相 khah 好看，我也 bē-hiáu 講 siá^{n}-mih 笑話--a。」

蓮治對 i ê 感覺 soah 無--去，m̄-koh iáu 是 kā 當做朋友看待，hip 相師父一直愛蓮治嫁--i， ko-ko 纏，纏 bē 煞，蓮治 m̄-chiah kā i 講：

「你若好膽，來 góan tau kā góan a-pa 講親 chiâⁿ。」

就是 án-ni，蓮治趁 in 細漢 a 兄 ùi 日本 tńg--來，鼓 chhui a-pa hip 相做記念，hō͘ i 1 個機會 thang 開嘴講親 chiâⁿ，結局，師父 iáu 是 m̄ 敢講。蓮治 tú-chiah 要求 i 後 pái 若無 siáⁿ tāi-chì m̄ thang koh 來，朋友原在，婚姻 mài 講。

Hit 工我枝 á 冰 1 khùn 食7 支，tńg--去腹tó͘ 痛，幾 nā 工 lóng bē 食飯，góan i--á kā 我罵，m̄-koh 我無後悔，1 kái 食 7 支 ài khai 5 角 chiah 買有 ê 枝 á 冰，這世人 m̄ 知 iáu koh 有機會--無，而且，我褲袋 á 內 jîm 著 1 khơ gûn，chiah 想著 he 是 hip 相師父 bōe 記得 kā 我討--tńg 去 ê。我有 1 khơ--neh！

咖啡物語(Monogatari)

又 koh 1 日，kap i 行入 1 間小茶房，
雙人對坐，滿面春風，咖啡味清 phang，
hit 時 i 也有講起結婚 ê 事項，
hō͘ gún 1 時，想著 pháiⁿ-sè，kiàn-siàu 面 soah 紅
——滿面春風

去 Hawaii 參加台語文會議，tī Waikiki 看著 hia ê cha-bó͘ 衫 Muu-muu 色彩 kap形 lóng 眞合我 1 個朋友穿，就買 1 領 tńg 來 beh hō͘--i。Tńg--來，約 i tī 咖啡廳見面 beh 交i 物件，tú 入--去，朋友 tī hia leh 等--a，看著我來，就註文 1 甌燒咖啡 beh hō͘--我。

咖啡是現代眞普遍的 ê 飲料，lim ê 款式 mā chiok chē，我雖 bóng 是作家，總--是，tī 生活 ê 部分眞保守，若有人 beh 請我食飯，無看著飯我會眞失望。去 1 間賣食 ê 所在，我頭 pái 若食

siáⁿ-mih koh 來就 lóng bē 換。去咖啡廳就是 beh 食咖啡--ê，咖啡當然是燒--ê，奇奇怪怪 ê 咖啡我 lóng bē 想 beh 試看 māi--leh。眞 chē 好朋友 lóng 眞知影我 ê 個性，也 bē 感覺稀奇。

我熟 sāi ê 朋友內底，無 lim 咖啡會死--ê ká-ná 也有--kóa，我 m̄ 知 in 有 siáⁿ-mih khah 特別 ê 歷史背景--無，我 ka-tī 是有緣故--ê，人講「gōng 人 chiah 會爲著 beh lim 牛奶去飼 1 隻奶牛」，我爲著興 lim 咖啡專工經營 1 間「巢窟咖啡店」，han-bān 做生理，都也做倒--去a，che m̄ 是這篇「咖啡物語」beh 講--ê。

自做 gín-á 起就 chiok 愛聽 kap 唱台語歌，文夏有 1 tè 歌「路頂 ê 小姐」，講 beh 招小姐去茶房，1 杯咖啡 lim 了有時會開戀花。Koh 有另外 1 tè「紅燈青燈」講若 kap 愛人結婚了後，會 tàng tòa aphatoh(apartment)，窗邊栽紅花盆，籠內飼鳥 á，chái 頓 lim 咖啡，雞卵泡牛奶，che kám m̄ 是新婚 ê 空夢--leh？這款夢 m̄ 是男性專利--ê，「滿面春風」hit tè 歌是用「女性觀點」寫--ê，第二 pha ê 歌詞講「又 koh 1 日，kap i 行入 1 間小茶房，雙人對坐，滿面春風，咖啡味清 phang。」照 án-ni kā 聽--起來，咖啡對戀愛應該是眞有力 ê 物件，che 就是我 beh 講「咖啡物語」ê 1個重要 ê 基礎。

Tī hit 款 pha 荒 ê 時代，咖啡是 1 種文明、1 個戀情、1 個眠夢、1 個遠 tú 天 ê 國度。歌是 tiā^{n}-tiā^{n} leh 聽，m̄-koh 咖啡生做 siá^{n} 款形--ê，圓--ê、4 角--ê？紅--ê iah 是烏--ê？我連 1 kóa 概念都無，一直到 A 雄 in tau tòa hit 2 個人客 ê 時 chūn。

A 雄 kan-ta^{n} 1 個作 sit 人 niâ，無 siá^{n}-mih khah 特別，nah 會 tàng 娶著芳芳？到這時我 iáu leh 疑問。會記得庄--nih 風聲講有 2 個人 beh 來 tàu 做 khang-khòe，是都市來 ê 少年人，看 siá^{n} 人厝--nih 有空房，會 tàng hō͘ in tòa，in 會無條件 kā 人 tàu 做工。過幾工，就看著 2 個奇怪 ê 人去 tī A 雄 ê 田--nih，cha-po͘--ê 面白白，穿 khah-khih 衫á 褲，cha-bó͘--ê 面紅紅，白衫烏裙，眞普通 ê 學生服。In 1 人chah 1 本簿 á，soah ná 做 khang-khòe ná 寫字，m̄ 知 leh 記 siá^{n}-mih？Hit

暗，tú 食飽，A 雄來招 a-pa 去 in tau，講是學生拜託--ê。

In tī A 雄 ê 門口庭排桌 á kap 椅 á，眞工夫，koh 有 chhôan 糖 á 餅 tī 桌頂 beh 請--人，了後，hit 個都市 cha-bó͘ 學生問 ta̍k-ê 講 beh 泡茶 iah 是咖啡？我聽 1 下 chhoah 1 tiô，in 有咖啡？眞正有咖啡？我想講是流行歌 á leh 騙--人 ê 物件， koh 眞正有這款物！Hit 個 cha-bó͘ gín-á 用眞 chhìn-chhái ê 口氣問--人，ká-ná 是無 siá^{n} 稀罕 ê 款！Hit 暗我無 lim 著咖啡，in hiah-ê 大人 lóng m̄ 知 siá^{n} 咖啡，kan-ta^{n} 講 beh 食茶就好，我 gín-á 人有耳無嘴，m̄ 敢加話。

In 2 個是農專 ê 學生，tú beh 出業，專工來庄 kha 所在實習兼做研究，讀農專 m̄-koh m̄-bat 眞正作過農，這 2 工做 kóa khang-khòe 了後，有 1 kóa 問題 beh 請教眞正 ê 作 sit 人，chiah tio̍h 請ta̍k-ê 來。In 問 ê 問題 lóng 眞好笑，án-chóa^{n} 知影 tang 時 ài phòa^{n} 水？水 tio̍h 淹到 jōa tī^{n} chiah 有夠額？Khau phōe-á ê 時 ài án-chóa^{n} 認chiah bē khau m̄ tio̍h，連稻 á 都 khau--去？作 sit 人聽 1 下

soah gāng--去，m̄ 知 beh án-chóa^{n} 應，對 chiah-ê 人來講，che 都親像日頭到 chái 起時會出--來，暗時會落--去 án-ni，眞自然 ê tāi-chì。人腹tó͘ iau 就是 ài 食飯，有 jōa chē thang 食就食 jōa chē，che beh 怎樣解說？

隔 1 暝，A 雄無 koh 來叫 a-pa，我 ka-tī koh chhu 去in tau，門口庭尾暗暗，我 m̄ 敢入--去。星有微微 á 光，thàng 到 in 門嘴 ê 路 á 有 1 排燈籃 á 花，ká-ná 有人影 ê 款，看斟酌，就是 hit 個 cha-bó͘ 學生，i mā 看著我，行 óa--來，問我食飽--未，koh 問我 ê 名，讀幾年--ê a？我照實 kā 講，i o-ló 我眞 khiáu，請我入去 in tòa ê 所在，講 beh 請我食糖 á。我無看著另外 hit 個學生，i 講出去散步，koh 來，就無 koh 講 hit 個 cha-po͘ 學生 ê tāi-chì。

起好膽 kā i 講想 beh lim 咖啡，m̄ 知會 sái--bē？I 講照理應該 bē-sái，he m̄ 是 gín-á lim ê 物件，若 lim 1 sut-á 是無 siá^{n} 要緊 chiah tio̍h。我問 i 講是 m̄ 是 gín-á 人 iáu bē-sái kap 人戀愛，chiah 會 bē-sái lim 咖啡？I 好玄問我 nah 會 án-ni 講，

我講咖啡是會 hō͘ 戀愛變好 ê 物件，親像台語歌所唱--ê án-ni，i m̄ 知有這款歌，mā m̄ 知這款 tāi-chì，m̄-koh i chiok 愛 lim 咖啡是有影--ê。我 kā 幾 tè 有講著咖啡 ê 歌唱 hō͘ i 聽，i 聽 gah 眞注神，chiah 想著咖啡 iáu 未泡，the̍h 出 1 個圓罐 á，khat 出 1 khok 烏 phú ê 粉，滾水罐thîn kóa 燒水落--去，lā-lā--leh，án-ni niâ。咖啡眞燒，ná pûn ná lim，我 lim--起來感覺苦苦，眞 phái^{n} lim，i 問我感覺 án-chóa^{n}，是 m̄ 是眞正親像我想--ê án-ni？我 ka-tī 討 beh lim--ê，m̄ 敢講，kan-ta^{n} 面 á 憂憂，苦苦 á lim。

我對咖啡無趣味--a，就無 koh 去 A 雄 in tau，過 beh 1 禮拜，換 hit 個 cha-bó͘ 學生來 chhōe--我，講 beh 請我去 lim 咖啡。Góan tau ê 人 lóng 感覺奇怪，nah 會我這個猴 gín-á 人 kap hit 個高貴 ê 智識人有交陪？去到 i tòa ê 所在，我 koh 無看著另外 hit 個，i 講走--a，就去 beh 泡咖啡，我起煩惱，破病食藥 á 是姑不二衷--ê，nah 有 ka-tī chhōe 苦湯 lim--ê？I 面--ê 笑笑，kā 泡好 ê 咖啡 tu hō͘--我，叫我 koh lim 1 嘴

看 māi，我 koh ná pûn ná chip，苦苦、甜甜，koh 有影 lio̍h-á 有清 phang。I 紹介 ka-tī 講叫做「芳芳」，芳就是 phang ê 意思，i kah-ì 咖啡 hit 款清 phang 清 phang ê 感覺，m̄-chiah lim 咖啡無濫糖，hit 工 bōe 記得我是 gín-á 人，應該 ài 濫糖 kap 牛奶粉，án-ni khah 好 lim。I 請我來 lim 咖啡是有目的--ê，前 pái 我唱 ê 台語歌 i 眞 kah-ì，beh 拜託我教 i 唱，特別是 hit tè 滿面春風，i 感覺詞 kap 曲配合了眞好。我自來眞 gâu 記歌詞，hiah-ê 歌 lóng 是我聽 Radio 學--ê，聽 2、3 pái 就記--起來 a，就 ná 唱 i ná gia̍h 筆記。這 pái 我感覺咖啡無 hiah-nih pháiⁿ lim--a，m̄-koh iáu 是無我所想--ê hiah 好。

芳芳 ê tāi-chì hit chūn 我無眞知影，是嫁 hō͘ A 雄了後，i 有時會親像 khah 早 án-ni 請我去 lim 咖啡，i kā 我當做朋友 án-ni 講 hō͘ 我聽，chiah khah 知--ê。I m̄ 是 siáⁿ-mih 都市 ê 學生，是讀屏東農專--ê，in tau tòa 彰化市內，讀冊 ê 時 chūn kap 1 個同學感情眞好，就是 kap i tàu-tīn 來 hit 個 cha-po͘ 學生，in 想講 beh kā ka-tī 奉

獻hō͘ 土地 kap 農業，就約束講 beh chhōe 1 個上 iap-thiap ê 草地所在去發揮 in ê 理想，親像做醫生 ê『史懷哲』án-ni。經過調查，知影 góan 庄有夠落伍，想講 beh 來 chhōa 庄--nih ê 作 sit 人做農業改革，nah 知來到庄--nih，chiah 知 in 所學 ê 理論 lóng kan-ta^{n} 是理論 niâ，農民對種作ê 智識比 in bat--ê khah 實用，心情受著真大 ê 刺激，歸尾，hit 個本底是 i ê 男朋友 ê 學生講 beh 放棄，無想 beh 作農--a。芳芳 kap i oan-ke，講ài 堅持理想，來到 chia，m̄ bat--ê 就學，親身落去做，做久就 bat，i 無相信理論無 lō͘ 用，是差 tī kap 實務 beh án-chóa^{n} 結合 niâ，m̄-koh hit 個聽bē 入--去，芳芳罵 i 無志氣，kā i 氣走--a。

芳芳出業了後，koh kāng 款來 góan 庄，鼓勵 A 雄種無 kāng 款品種ê 作物，採用 i ê 方法

去管理，m̄-koh tiā^{n}-tiā^{n} 失敗，害 A 雄了錢，了就了--a，A 雄也無怨歎 siá^{n}-mih，有--是招會 á 還債 niâ。過 1 年，in 就結婚--a，芳芳 kāng 款 koh chah 簿 á 去田--nih ná 做 khang-khòe ná 記物件，親像做研究 án-ni，有 bē-hiáu ê 所

在就泡茶請人去 in tau 坐，請教--人，尾--á，A 雄in tau 門口庭變庄--nih 上交易(ka-ia̍h)--ê，piān 若食暗飽，ta̍k-ê lóng 會想 beh 去hia lim 茶、開講，m̄-koh ká-ná kan-ta^{n} 我 kap i 會 lim 咖啡niâ。

我讀初中就離開庄 kha，hioh kôa^{n} hioh 熱 chiah 會 tńg--去，芳芳生 1 個 cha-bó͘ kiá^{n} kap 1 個後生--a，看著我 tńg--去，lóng 會叫我去 in tau lim 咖啡，A 雄 mā 學了愛 lim。I 講 hit 段 kap 男同學tú 分手 ê 日子，心情比無參糖 ê 咖啡 koh-khah 苦，i 傷心 hit 個 cha-po͘ 學生違背約束 soan--去，phah 碎少年「農業『史懷哲』」ê 眠夢，ka-chài 我教 i 好聽 ê 咖啡歌，hō͘ i ê 心情 khah 好，有勇氣堅持。講--來，咖啡 m̄-tā^{n} 會開戀花，mā 會治失戀症頭，hō͘ i 清楚知影 i 無愛 hit 個同學。

我大 hàn 了後，罕得 koh tńg 去庄 kha，有 1 pái 高中 ê hioh kôa^{n} tńg--去，庄--nih soah chhōe 無 A 雄 kap 芳芳，講是去巴西買 1 tè 土地，2 翁 á bó͘ beh 專門試種 1 款 in ka-tī 栽培--出來新品種 ê 咖啡，成績 án-chóa^{n} 我就 m̄ 知--a。我想講這

世人應該無機會 koh tú 著芳芳，m̄-koh 咖啡 hit 款清 phang ê 氣味，我愈 lim 愈愛，這 chūn，我 mā 學會 hiáu lim 無濫糖 kap 牛奶 ê 清咖啡--a。

Gōng 清--á 買獎券 tio̍h 大獎

屏風表演班『長期玩命』系列 ê 第 3 齣叫做「空城狀態」，戲內底有 1 個老歲 á，講為著高雄 beh 發行彩券，專工 beh 搬去 hia tòa。當然，che 是編 ê 故事 niâ，bē-sái kā 當做眞--ê，m̄-koh 也透露 1 個訊息，人類是為著希望 leh 活--ê，無論希望 ê 機率是 jōa 細、jōa 無可能。我想著古早 góan hia Gōng 清--á 買獎券 ê 故事，hit chūn ê 第一特獎 chiah 20 萬 khơ niâ，若換做這 chūn ê 錢是 jōa chē？我 mā bē-hiáu 講，用我 gín-á 人 ê 算法，hit 當時上貴 ê 紅豆枝 á 冰 1 支是 5 角銀，chit-má 市面上 ê 枝 á 冰 1 支 15 khơ，án-ni 來算，tú 好 30 倍，20 萬變做 600 萬！Kám 有準？Che 無重要，橫直眞 chē 錢就 tio̍h--a。

Hit chūn ê 獎券叫做愛國獎券，意思講「無 tio̍h 獎 mā 準做愛國，bē 加了--ê」，1 聯 kāng 號--ê ká-ná 是有 6 張，1 張5 khơ，kāng 款用枝 á 冰

ê 價數來計算，10 支紅豆 á 冰應該是這時 ê 150 khơ，150 khơ ê 第一特獎是 600 萬，án-ni 講--來，高雄 ê 彩券 1 張 100 khơ 第一特獎 ài 400 萬 chiah 有合理，m̄-koh in ká-ná chiah 50 萬 niâ，算--來有 khah 酷橫。我 m̄ 是專門 beh 討論彩金 jōa chē chiah 有公道--ê，kan-ta^{n} tī 講這個 Gōng 清--á 買獎券 ê 故事 chìn 前，ài 先了解 1 kóa 基本背景 niâ。

Gōng 清--á 是人 kêng-thé--ê，i 無影講有 jōa gōng，自 in a-pa he-ku bē 做了後，厝--nih 7 分外地 lóng 靠 i leh 拚，17 歲 gín-á 就勇 gah ná 牛--leh，做大人 khang-khòe，tiā^{n}-tiā^{n} tī 田--nih 摸 gah m̄ 知暗，庄--nih ê 人問 i 講：

「清--á，你 hiah 拚 beh chhòng siá^{n}？」

I 就會眞正經 kā 人應講：「Góan a-pa 講 ài khah 拚--leh，thang 儉看有 kóa bó͘ 本--無。」

就是 án-ni，庄內 lóng 笑清--á leh siáu 娶 bó͘，爲 bó͘ 拚 gah hiah 艱苦。清--á 老 pē 帶著症頭，老母生 3 個後生 2 個 cha-bó͘ kiá^{n} 了，身體本 chiâ^{n} 就有 khah 虛，koh tio̍h 款厝內外兼做園

--nih ê khang-khòe，有時去田--nih tàu 作，lio̍h-lio̍h--á 就 giōng-beh 暈--去。I 是大 kiá^{n}，大hàn 小妹減 i 2 歲，細漢小弟 iáu 未度 chè，lóng 是有嘴無手--ê，無拚是 beh án-chóa^{n} 過日？I beh 緊娶 bó͘ mā 是 it 著有人 thang tàu kha 手，m̄ 是眞正 siáu bó͘ siáu gah 這款形--ê。當時 ê 社會物資欠缺，飼 1 個 gín-á 大 hàn 無 hiah 簡單，cha-bó͘ kiá^{n} beh 做--人，lóng ài 講聘金，m̄ 是 pē 母貪財，實在是生活 phái^{n} 渡。

清--á 19 歲 hit 年，厝--nih 有 chhun 3 萬外 kho͘，bat 去隔壁庄相過 1 個姑娘 á，雙方 lóng 有合意，m̄-koh 對方 mā 是艱苦家庭，phín 講聘金 ài 5 萬，大餅 kap 金 á lóng tá^{n} 在內，án-ni mā 算公道。庄 kha 人欠錢用 ê 時，農會、銀行 m̄-bat chhap--in 過，kan-ta^{n} 會 tàng 自力救濟 niâ，招會 á 是上簡單 ê 法 tō͘，這 chūn ê「民間互助會」是錢會，hit 時 lóng 是 chhek-á 會，用 100 斤 chhek-á 做單位，標 ê 規則 kap chit-má kāng 款，精差 ta̍k-pái beh 標 ê 時，會頭 ài 辦桌請會 kha，che 叫做「食會」。清--á in a 母講 beh 出面招

1 tīn 會á，thang 補貼聘金 ê 差額。Nah 知 hit 年發生台灣出名 ê 八七風颱兼水災，kā 1 kóa khah lám ê 厝 kòa 掀了了，清--á in tau 是竹管 á 厝，厝頂 khàm 草--ê，當然 bē 堪--得，kui 厝內淹 phóng-phóng，水 h土 幾 nā 工 iáu 未 ta。

大水過了，厝邊隔壁 lóng leh 起新厝，清--á 想講竹管 á 厝本底就眞無勇--a，這聲無重起 mā m̄ 是辦法，bó͘ khah 慢 chiah 娶無要緊，iáu 是 kui 家夥 á tòa ê 厝 ài 先起，就 kā chìn 前所儉--ê kap 會頭錢 lóng 用來起厝，拜託 hm̂ 人婆--á 去隔壁庄 kā hit 個姑娘 á 會失禮，請緩--leh，有夠聘金額 chiah koh 講。

有 1 句話講「燒酒愈 khē 愈 phang，姑娘 á 愈 khē 愈老」，mā 有人講「世間 kan-ta^{n} 2 項物件 bē 緩--leh，政府 ê 租 á kap 姑娘 á ê 年歲」，過無 jōa 久，hit 個聘金 ài 5 萬 kho͘--ê 就做--人 a。清--á 聽著消息，bē 輸是 phàng 見 1 個 bó͘，心肝內眞艱苦，m̄-koh 生活 ê 擔頭 á kāng 款 tī i ê 肩 kah 頭，重 khôai^{n}-khôai^{n}，連 beh 怨歎都無時間。起厝 khai ê 錢比 i 按算--ê 超過眞chē，錢

無夠用，會 tàng 借--ê 借，會 tàng chhoah--ê mā chhoah，物件 khē 久會減，債 khǹg 久會加，愈積是愈大條，koh bē 漚 bē 爛，lėk 死清--á 這個少年家 á。

有 1 pái，去街--nih 農會領肥料，tn̄g 著 1 個賣獎券 ê 姑娘 á，kā i 講 khai 5khơ gûn 買 20 萬 ê 希望。本底清--á 應講 i 是 sàn 人，無錢 thang 買這款物。Beh tńg--去 ê 時 chūn，姑娘 á iáu tī 農會口，看著清--á 出--來，kā i 講：

「世間眞正 ê sàn 人是連希望都無 ê 人。」

這句話 hơ̄ 清--á 心肝頭 chhėk 1 tiô，有影，照 i 目前 án-ni 作 sit，做牛做馬拖 1 世人，欠 ê 債務 mā 還 bē 離，koh-khah 免講娶 bớ、chhiâ^{n} 小弟小妹，原本 i 無 leh 想這個問題，m̄ 是 i m̄ 知，是 i m̄ 敢面對現實去想，liȯh-liȯh--á 兵單就beh 來--a，i 是大 kiá^{n}，老 pē 有病，會 sái 請求 khah 慢 chiah 去，m̄-koh 政府會 tàng hơ̄ 你欠 bē-tàng hơ̄ 你倒，緊早慢 lóng ài 還，到時厝--nih beh án- chóa^{n}？20 萬，若有 20 萬 khơ tāi-chì 就解決--a！Hit 時 i lak 袋 á 內 tú 好繳肥料錢了 koh

有 chhun，就揀 1 張茶紅色人講是「赤牛 á」ê 5 khơ 銀票 tu hō͘ 姑娘，講 beh 買希望。賣獎券 ê 姑娘 á 看著有人 hō͘ i 推銷成功，眞 chiâⁿ 歡喜，用妖嬌 ê 笑面問 i kah-ì siáⁿ-mih 號碼。清--á 在來就眞罕得 kap 少年 cha-bó͘ gín-á chih 接，看著這個留頭鬃尾 á ê 姑娘 á 熱心 leh kā i tàu 揀號碼，he m̄ 是 kan-taⁿ kā 獎券賣--i niâ，是眞正ê 關心，感覺這 5 khơ gûn 一定 bē 加了--ê。

日子對作 sit 人無 siáⁿ 意義，m̄-koh 特殊ê 日子對特別 ê 希望是有意義--ê，親像古早有 1 份報紙叫做「三六九小報」，就是 ta̍k 個月 ê 初 3、初 6 kap 初 9，13、16、19，23、26、29 lóng 有出報紙，是以文學爲主 ê kó͘-chui 刊物。愛國獎券是 ta̍k 個月見 5 就開獎，初 5、15 kap 25，1 個月 3 期，尾--á tòe i 時行 ê『大家樂』mā 是見 5 就發燒。清--á 買獎券了後，等 hit 個月ê 15 thang 對獎，hit chūn in hit 庄無人有新聞報紙，m̄ 知 beh 去 toh 位對獎，想 beh 請教庄--nih ê 人koh 驚人笑，到 beh 晝，擋 bē tiâu--a，鐵馬騎--leh，去街--nih chhōe 新聞，mā m̄ 知 siáng 有 leh hō͘ 人

對，行--ah 行，koh se̍h 來到農會門嘴，眞tú 好，姑娘 á iáu tī hia，清--á 面紅紅 kā 獎券 sa--出來，講 i m̄ 知 beh án-chóa^{n} 對獎。好心 ê 姑娘 kā i 講雖 bóng 是 15 開獎，m̄-koh ài 16 ê 新聞chiah 有 leh 賣，若無，會 sái bîn-á-chài koh 走--1 chōa，到時 chiah chhōa i 去獎券行看開 siá^{n}-mih 號碼。

若 beh tī 15 hit 暝對獎，會 sái 聽廣播電台，m̄-koh kan-ta^{n} 報大獎 nā-tiā^{n}，koh 講清--á in tau mā 無 Radio，phái^{n}-sè hō͘ 人知影 i 買獎券，m̄ 敢去別人 hia 聽。翻 tńg 工，田--nih ê khang-khòe 放 bē 離，ùi 庄--nih 去到街 á 來去 1 chōa 路騎鐵馬 ài 點外鐘久，siu^{n} phah 損時間，就 kā 獎券留 tī 小姐 hia，拜託隔 tńg 工替 i 對獎，若有 tio̍h chiah kā 清--á 通知--1 聲。

Hit chái 起，清--á 透早就去犁田，日頭都 iáu 未出--來，1 時 á kiá^{n}，i 目 chiu 就 lia̍h 田頭路 á 相--1 下，一直相到過晝，iáu 是無看著賣獎券 ê 姑娘。中晝，in 小妹 kōa^{n} 飯來田--nih hō͘ 食，mā 是 ná 食 ná 看路 á，lóng 無長頭鬃尾 á ê 影跡。5 khơ beh tio̍h 20 萬，當然無 hiah 簡單，

到日頭影斜過刺竹 á 尾，i 知影希望就是kan-taⁿ 希望 niâ，m̄ 是在穩--ê，lio̍h-lio̍h--á 日頭光 beh 反做紅霞--a，死心--a。Tī i 牽牛準備 beh tńg 去 hioh 暗 ê 路--nih，soah 看著 hit 個姑娘 ùi hit pêng chông--來，走 gah 喘 phīⁿ-phēⁿ。看著清--á，姑娘 chiah ná 喘 ná笑，講：「Tio̍h--a，tio̍h 獎--a！」

鄉鎮所在無專門送報紙--ê，在來 lóng 是郵局連 phoe 做夥送--ê，1 工 chiah 送 1 chōa niâ，街--nih ê 獎券行 mā ài e-po͘ 2 點外 chiah 有報紙 thang hông 對獎，姑娘 á 對了，騎鐵馬 beh 來庄--nih，路--nih 鐵馬 soah lak-lián，khioh kui po͘ 久chiah 好，騎無幾步 koh lak，bú gah 手烏 sô-sô，chhōe 溝 á 水洗 chiok 久 bē 清氣，尾--á，看天色無早，kui-khì 鐵馬 phiaⁿ tī 路邊竹林內，行路來，chiah 會這時 chiah 到。清--á 聽著姑娘 hoah 講「tio̍h 獎」，歡喜 gah，感覺 i ê 氣運 leh 行--a，有影有希望就有機會。尾手 chiah 知 i m̄ 是tio̍h 著 20 萬，是對著尾 2 字，chiah 100 kho͘ niâ。Khai 5 kho͘，tio̍h 100，iáu 算bē bái，清--á 想

beh kā 100 lóng 換做後期 ê 獎券，án-ni 20 張khah 有贏面，姑娘 kā i 擋，講會愈買愈 chē， bē 輸 pòah-kiáu，愈 pòah 愈大 m̄ 好，若有福氣，1 張就會 tio̍h。清--á 就拜託姑 娘 á 替 i 去領獎，100 khơ 就寄 tī hit 個姑娘 hia，1 期扣 5 khơ，ta̍k 期 lóng 交關 1 張。Hit 暗，清--á 載姑娘 tńg 去竹林 chhōe i lak-liân ê 鐵馬，替 i khioh hō͘ 好，想講天都暗--a，陪 i tńg 去到街--nih。

Koh 來 piān 若初 6、16 iah 26，清--á 若有 êng，有 tang 時 á 會 ka-tī 去街 á chhōe 姑娘對獎，有時 á khang-khòe khah kiap，hit 個姑娘會 the̍h 新聞來 hō͘ 清--á 對，表示無騙--i，100 khơ mā 半年外 chiah khai 了，m̄-koh 連 2 字--ê mā m̄-bat koh 對--著。庄內人看 tiāⁿ-tiāⁿ 有 1 個留長頭鬃尾 á ê 街市姑娘來 chhōe 清--á，看--起來koh 眞妖嬌 ê 模樣，有影是烏矸 á té 豆油，眞正無 tè 看，Gōng 清--á koh 有 gōng 福，soah 有 kóa 欣羨。

Tī 兵單來 ê 前 1 個月，清--á 免聘金就娶著 hit 個賣獎券 ê 姑娘 á。

山城聽古

久年 leh 教學，我 ê 學生 tī 台灣滿 sì-kòe lóng 有，kiám-chhái 是我 khah gín-á 性，致使學生 lóng kap 我不止 á 親近，bē 輸是朋友關係，我若有去外地，會先查看有 siáng tòa tī 附近，順續去 kā 拜訪--1 下，好心有好報，ta̍k-pái lóng 有 thang 食著地方 chhi^{n} koh 稀罕 ê 菜蔬(se)，滿足我 ê iau-kúi。有 1 pái，去埔里 1 間大學 kā 1 個 Summer-camp 演講「台語文學 kap 歌謠」，講煞，chiah beh 暗 á 時，想講時間 iáu 真量--leh，就 khà 電話 chhōe 1 個 3、4 冬前畢業 ê 學生，本底也無按 i 會 tī 厝--nih，台灣 ê 社會形態真奇怪，gín-á 大 hàn 了後，罕得留 tī 庄 kha iah 是小城鎮。無議悟 koh chhōe 會著人，隨就來大學門嘴接--我。

Che 是我看--過上 kài 無 kāng 款ê 家庭，需要 kā 成員紹介--1 下。In tòa ê 所在離埔里街á 差不多 2 公里，算市內，m̄-koh 有種菜、果子，有庄 kha ê 趣味。這個學生 tī 台北讀研究所 ê 時 bat 修過我 ê 課，眞愛問問題，kap 我算有話講，i 厝--nih pē 母 iáu 少年，極加是 50 thóng 歲，加我無 1 紀年，1 個 a 姊嫁了--a，m̄-koh 就嫁附近 ê 家庭，有 tāi-chì 叫--1 下就 tńg--來，1 個小妹 tī 街--nih ê 銀行食 thâu-lō͘。學生 chhōa 我到位 ê 時，kui 家夥 á lóng 出來 tī 門嘴 leh 等--我，我無按算會 chhōe 著學生，也無 chah 等路，先會失禮。In ê 面--nih lóng 是眞自然 koh 誠意 ê 笑，bē hō͘ 我感覺有 siáⁿ 生疏。

我 ê 學生 tī 1 間在地 ê 有線電視台做新聞工作，今年會 kap 1 個同事結婚，che m̄ 是這個故事 ê 主題，我 beh 講--ê 是這個家庭 khah 各樣(koh-iūⁿ) ê 所在。學生紹介 in tau 所有 ê 人 hō͘ 我熟 sāi 了後，就無看見人影，客廳 chhun in a 母、小妹 kap hit 個聽講厝--nih 有人客來專工 tńg 來 tàu kha 手 ê a 姊 leh 陪我開講、食茶，各人講 ka-tī ê tāi-chì hō͘ 我聽，bē hō͘ 我感覺生分、無聊，bē 輸我是 in tau 熟 sāi chiok 久 ê 老朋友。學生出來請 tȧk-ê 去飯廳食飯，灶 kha 就 tī 邊--á，看會著 in 老 pē tī hia iáu leh 無 êng chhih-chhih。食飯配話 ê 時，我想講 in 老 pē 大概外交 khah bái，chiah 會愛煮料理，bih tī 灶 kha，nah 知 i 口才 chiâ^{n} 好，見識眞博，知影我今 á 日講「文學 kap 歌謠」了後，koh 專工 kap 我討論這方面 ê 話，有眞 chē 見解 kap 歌壇 ê 傳說、美談，lóng 是我 m̄-bat 聽--過 ê。

Hit 工，我就 tī in tau 過暝，聽 in a 母講 khah 早 kap in 老 pē beh 做親 chiâ^{n} ê 故事，這個故事若發生 tī 今 á 日，你會感覺是 hàm-kó͘，m̄-koh tī hit 款思想慣勢無 kâng ê 時代，應該有 i ê 社會標準。Koh 來 ê 話是 in a 母講--ê。

我是彰化市 ê 人，20 歲 hit 年，cha-bó͘ gín-á 伴差不多嫁 beh 離--a，我 iáu 未做--人，m̄ 是生做 siá^{n}-mih khiap-sì，mài 講我大面神 o-ló ka-tī，顚倒是我生做 súi，條件無相當--ê，m̄ 敢 chhìn-chhái 就央 hm̂ 人婆--á 來講，講--來，算緣份iáu 未到。Góan a-pa 是生理人，厝--nih 開 thô͘-lâng-keng-á 兼大市，你聽無？就是專門 leh 替人 kā chhek-á ká 做米--ê, mā 有人講是「米 ká」，兼做米大賣 ê 米店，就是人講 ê「大市」。Hit 個時代，che 算是地方 ê 大企業，厝--nih 有 3 個 a 兄，cha-bó͘--ê kan-taⁿ 我 1 個，講是「千金小姐」無誇口，hm̂ 人婆--á 有 hō͘ góan a-pa 拜託--過，講若有 sù 配--ê 望 i tàu 相報，hit 個 hm̂ 人婆--á 講我 ê 紅包禮 oh 趁，彰化這款地頭 beh nah chhōe 有 hit 款人才(jîn-châi)kap 人才(lâng-châi) lóng kap 我會登對 ê cha-po͘ gín-á。

我 kap i 熟 sāi m̄ 是人紹介--ê，hit chūn 我tī 大市 tàu kha 手，專門負責糶米收錢，來糴米--ê 有 3 種人，煮飯 ê cha-bó͘ 人iah 是 hōaⁿ 手頭 ê cha-po͘ 人，若無，就是叫 gín-á 來，m̄ 是 siuⁿ 老就是 siuⁿ 幼，罕得有青年人客。頭 pái 看著 i，我就感覺怪奇，1 個 iáu hiah 少年 ê ian-tâu-á sàng，來 beh 糴米，koh 面--ê 笑笑，態度自然。我本底想講是 tú 搬來彰化 ê 新婚翁 bó͘，替 in bó͘ 來--ê，第 2 pái 來，koh 會揀米出價，目chiu liàh 我金金看，害我 pháiⁿ-sè gah 連錢都找têng-tâⁿ--去。I kā 加找 ê 錢還--我，笑我講會

kā 米店 hōa^{n} 倒--去。I 走了後，a-pa tú 入門，有看著我 kap i 講話，問我講 siá^{n}？我講「無」，a-pa 叫我 mài chhap hit 個人，講 i 是 1 個無志氣 ê 無 lō͘ 用人。

看 i 漢緣都 bē bái，thài 會 hiah 無人緣，講--起來 tī góan hit 附近 lóng 嫌--i，頭起先我想講是家境 bái hō͘ 人嫌，koh m̄ 是，i 是「博濟」ê 後生。你 m̄-bat 聽過「博濟」？He 是彰化 ê 1 間大病院，in tau 幾代 lóng 是做先生--ê。Lín 講是「醫生」，無要緊。過幾 pái，i 來糴米 lóng 會 chhōe 我講話，i 眞愛講笑，我想講這個是「chhit-á khoe」，莫怪 hō͘ 人看無目地，chhím beh 約--我 ê 時，hō͘ 我 kā i「Get-out chhia 糞斗」，i 厚面皮，koh 約，在來人約會，m̄ 是茶房就是戲園 iah 公園，這 khơ chhi^{n}-á 叢講 beh 約我去野外。你講「八卦山看大佛」--ơ？Góan 在地人 kui 工 tī 山 kha hō͘ 大佛看，kám bē ià？無 leh sông kong！

一--來是好玄，二--來是 bē 堪得 i 纏。我想講光天白日也 bē án-chóa^{n}，chhân-chhân 豆干切

--5 角，kap i 出--去 1 pái。Góan 去渡船頭 chhit-thô，he 是大肚溪邊 1 個地號名，hit chūn 算眞野郊。Góan 2 個 lóng 騎鐵馬，1 台鐵馬載 gah 物件 chȧt-chȧt，lóng 是食物，koh 有 1 個柴架 á m̄ 知 beh chhòng siáⁿ。Hit 工眞好天，日頭炎 m̄-koh bē 眞熱，沿路風微微，i ná 踏鐵馬 ná 唱歌，唱 siáⁿ-mih 歌--ơ？我 mā 聽無，ká-ná 是toh 1 國 ê Folk-song(Forukhuh-sóng)，ȧh，是 Siâng.Sóng--lah，就是法國港口 ê 情歌。I nah 會 hiáu？當然，i 是法國 tńg--來 ê！我看先講 i ê tāi-chì，你聽 khah 有。

In tau 本底是漢醫，開漢藥房，到 in 老 pē 就去日本讀醫科，改開西醫，in 2 個兄哥 mā lóng 是日本醫科大學卒業--ê，自細漢 i 就眞 khiáu，眞 gâu 讀冊，in a-pa 想講這個 ban-á 上有前途，beh 好好 kā 栽培，nah 知大 hàn 了後，soah káu-kòai，講 beh 學畫圖、學刻物件。Góan hia 是有人 leh 刻佛 á，m̄-koh 刻 1 sian 趁無幾圓。In 老 pē 眞 siūⁿ-khì，講若 m̄ 讀醫科，無，mā tiȯh 讀法科，做律師 iah 是法官，講 m̄

聽，就無 beh hō͘ i 讀，尾--á 有落軟，去日本讀法律，nah 知 i 本科 m̄ 好好 á 讀，lóng 去聽藝術 ê 課程。成績 bái，hō͘ 人退學，koh 走去法國流浪，講是學畫，無錢就 kā 厝--nih 討，in 老母 m̄ 甘，iáu 是會偷寄 hō͘--i。Hit chūn i 實在是 beh 30--a，m̄-koh 看--起來 ká-ná 少年家 á--leh。In 老 pē 知影做老母--ê 有寄錢 hō͘ 後生，就 ngī kā 斷掉，beh 逼 i tńg--來。

人 m̄ 是 án-ni chiah 笑 i 無志氣、無 lō͘ 用--ê，i ê 個性 kap 普通 cha-po͘ 人無 siá^{n} 相 kâng，愛做厝--nih ê khang-khòe，料理煮食、款厝內、車衫做裁縫，連厝--nih 飼雞飼鴨 ê khang-khòe mā i leh ba̍uh 做，hit chūn ê 社會講 i 是 cha-bó͘ 體，無 cha-po͘ 氣概。Hit 工 góan tī 渡船頭食 ê 物件 lóng 是 i 料理--ê，眞好食！I chah hit 個柴架 á 是畫架，叫我做 Modle(Moderuh)，tī 大肚溪邊 hō͘ i 畫，你 beh 看 hit 幅畫--m̄？是油畫，吊 tī góan 房間。I 講流浪 ê 故事 koh 唱歌 hō͘ 我聽，lóng 是我 m̄ 知 ê 世界。

過 2 個月，i ka-tī 來講親 chiâ^{n}，góan a-pa

m̄ 肯。A-pa 自細漢就眞惜--我，驚我嫁了後食苦，1 個無才 tiāu 趁錢飼 bó-kiáⁿ ê 人有 siáⁿ 志氣？有 siáⁿ lō͘ 用？我是 1 個 cha-bó͘ gín-á 人，心內是眞有意愛，總--是 he m̄ 是我 ka-tī 會 tàng做主--ê。有 1 個暗時，i 偷走來 chhōe--我，講 góan ê 婚姻若 ka-tī m̄ 去爭取，就 bē 有結局，i 無 beh koh tòa 彰化，想 beh 去別位過日，我若肯，就包袱 á 款款--leh，透暝 tòe i 走。我想著 a-pa a 母，實在走 bē 開 kha，流目屎 kā i 拒絕。Hit 暝，我睏 lóng 未去，到半暝，peh--起來，i soah khiā tī 我窗 á 外 ê 樹 á kha 等 kui 暝。

Góan 就 án-ni 走來埔里，i 講 chia 是眞 súi ê 所在，有山城 ê 氣味，góan 用 in a 母 hō͘--i ê 錢 tī chia 買 1 tè 土地，厝是 i ka-tī 起--ê，這 tè 菜園 á kap 後壁 ê 花園 lóng 是 i 整理--ê。Tú 來 ê 時，i koh tī chia ê 學校兼教美術，生活 mā 是無問題，gín-á 1 個 1 個出世，這時，góan kap in tau、góan tau 都有 leh 來去--a，m̄-koh 我 iáu 是 khah 愛 ka-tī ê 家庭。

爲著 i ê 這款個性 hō͘ 社會看做無 lō͘ 用，

góan 決定 beh 過 1 個 kap 社會無 kāng 款 ê 家庭生活，m̄-chiah tī góan tau，cha-pơ--ê 做一般 cha-bó͘ 人 ê 日常 khang-khòe，cha-bó͘--ê tio̍h-ài 陪伴、接待人客，老師，你 m̄-thang 見怪！這個時代，góan 翁 kap góan kiá^{n} 去菜市 á 買物件，m̄-tā^{n} bē hō͘ 人笑，顛倒頭家 lóng o-ló--in，物件 koh 算 in khah sio̍k--leh。

自頭到尾，in 翁 lóng tiām-tiām tī 邊--á 聽，無 chhap gah 1 句話，看茶無--a，就 koh hiâ^{n}。大 cha-bó͘ kiá^{n} 食飽就 tńg--去，我 ê 學生 kap 小妹陪我做聽眾，1 時 chūn，我感覺 ka-tī mā 是這個家庭 ê 人。我講 beh 看主人 ê 作品，i 笑笑講 i khah 少畫，i khah 愛刻物件，i 刻 ê 物件 m̄ 是做藝術品來賣來換錢生活--ê，tī in tau，我所看會著 ê 物件 lóng 是 i ê 作品。這時，我感覺眞 kiàn-siàu，我坐 kui pơ ê 椅 á kap hō͘-tēng、桌 á lóng kap 人 leh 用--ê 無 siá^{n} kāng 款，hiah 久 ê 時間我 soah ná chhi^{n}-mî--leh，藝術是用來生活--ê，m̄ 是商品，che 是我所 m̄-bat 想--過 ê tāi-chì。

離開埔里 ê 時，有落 sap-á 雨，kui 個山城罩 tī 濛霧內底，看--起來就是 1 幅畫，我是 ùi 畫內面走--出來 ê，畫外口 ê 世界實在是單調 koh 無味。

紅襪 á 廖添丁

電視、報紙，我 kan-taⁿ 看球類比賽 ê 新聞，kui 年 thàng 天 lóng 有世界性 ê 大比賽，無論踢 kha 球、N.B.A.ê 籃球 iah 是野球，我 lóng 守 tī 電視前，人若半暝轉播，我就 1 暝無睏。今年米國 ê 野球，koh 是老戲齣，米國聯盟 ê「Yankees」拚國家聯盟 ê「Braves」，toh 1 隊贏 kap 我無 tī-tāi，橫直 Boston hit 隊「Red Sox」無贏。我對 Boston 這個都市印象 bē bái，m̄-koh in 球隊名「紅襪 á」對我 gín-á 時 ê 記智 koh khah 有 kóa 意義。

我做 gín-á tī 庄 kha 所在讀冊、生活，作 sit 人無人 leh 穿鞋，koh-khah 免講是襪 á，hit chūn ê kôaⁿ--人，有 tang 時 á 透早路--nih 塗 kha 會結霜，góan mā

是褪赤 kha ná chhek 鳥 á ná 行 ná tiô，就是 m̄ 穿鞋 á。連鞋 á 都無人 leh 穿--a，beh nah 有人

穿襪 á？

我讀國校 á ê 時，雖 bóng 我 ê 成績 lóng 是頭名--ê，m̄-koh tī 學校上得人惜--ê 是 1 個 cha-bó͘ gín-á，in a-pa 是 góan 庄 ê 富戶，hit 個 cha-bó͘ gín-á 讀 3 年 ê 時 bat kap 我 kāng 班過，m̄-koh tī góan 升 4 年 ê 時 chūn，in tau 就 lóng 徙去米國--a，he 是我做 gín-á 頭 1 個戀慕 ê 對象，我上課無心無 chiâⁿ，過幾工，學校 koh 重分班，我換 1 個 cha-po͘ ê 少年老師教，頭 pái 上課，老師講 i 歡喜做 góan ê 導師，koh 特別講班--nih 有 1 個成績 chiok 好 ê 同學，希望同學 lóng 向 i 學習、請教，講了，soah 叫出我 ê 名。罕得 hō͘ 人án-ni 公開 o-ló，我感覺真 pháiⁿ-sè，hit 個少年老師穿 chhah 真 súi-khùi，白 siah-chuh 結 nekhuh-tai，洋 厤褲，kap góan 庄作 sit ê 大人完全無 kâng，我真欣羨。

翻 tńg 工，我真早就去到學校，kā 新課本 the̍h 出來讀，nah 知老師 mā 真早就來，看我 ka-tī leh 讀冊，行來坐我邊--á，mā the̍h 1 本冊出來讀。我問 i 講：

「你都 leh 做老師--a，nah tio̍h koh 讀冊？」

「我就是眞愛讀冊，m̄-chiah 會做老師。」I koh 神秘神秘講：「我 m̄-tā^{n} 愛讀冊 niâ，我 koh 想 beh 寫冊--leh！」

「冊 m̄ 是 lóng 是政府分--ê？Beh án-chóa^{n} 寫冊？」

老師 hō͘ 我看 i leh 讀 ê 冊，到 ta^{n} 我 iáu 會記得冊名是「跳舞提名冊」，作者是 1 個叫做『左拉』--ê。我 m̄ 知半項，老師就 kā 我講 hit 本冊 ê 故事，是講愛情--ê，i 講就是想 beh 寫這款 ê 冊，he 是我頭 1 本知 ê「課外冊」，mā 頭 pái 知影有人是專門 leh 寫冊--ê，無議悟日後我 mā 行上這條路。Hit 工故事講無了，就有學生來--a，『早讀時間』，老師講班--nih 需要有 1 個班長，m̄ 知 siáng khah 適當？這時，校長chhōa 1 個學生來，講是這學期 ùi 都市轉--來-ê，beh 讀 góan 這班。

新同學自我介紹講 in 老 pē 是派出所新來ê 主管，in kui 家 lóng 搬來 chia，tī 學校 i 是野球

ê 選手，希望會 tàng 參加這個學校 ê 球隊。Hit chūn，góan kui 班無人知影 siá^{n}-mih 野球，mā m̄ 知學校會 sái 組球隊。

Góan koh 繼續討論選班長，老師講我是班長適當 ê 人選，成績好，bat 做--過，有經驗，m̄-koh 做班長 tiȯh 犧牲 ka-tī 寶貴 ê 時間，應該換別人來服務眾人。我知影老師有 leh 替我設想，做班長有真 chē li-li khok-khok ê khang-khòe，tȧk 工比同學 khah 早來，khah 晏 tńg--去，責任真重。老師 koh 講這個新來 ê 同學，kap tȧk-ê 無 siá^{n} 熟 sāi，應該 ài 先服務班--nih，做班長 mā 是真好 ê 機會。結局是 góan 2 個 hông 提名做候選人，講有 3 工 ê 時間 hō͘ góan 做宣傳活動，拜 6 chiah beh 投票 hō͘ 同學做決定。

在來 góan 選班長 lóng 是老師指定 siáng 就 siáng，mā bat hō͘ tȧk-ê 同學選，m̄-koh 是當場隨投票，m̄-bat 有真正 ê 選舉運動。第 2 工，我 kap 平常時 kāng 款，無特別做 siá^{n}-mih，nah 知這個 soah 親像人 leh 選民意代表 án-ni，gín-á 人 mā ná 大人結 nekhuh-tai，穿皮鞋，用白紙寫 i ê 名「吳添丁」見人就分。老師鼓勵我 mā 學 i 做文宣，án-ni chiah 有成眞正 ê 選舉。我想想 --leh，就寫 1 張海報，講請投 hō͘ 吳添丁，hō͘ i 有機會替同學服務。老師看--著，講 án-ni 違規，bē sái 公開替對手 giú 票。我想講老師 m̄ 是有講--過，beh hō͘ 新同學有機會服務眾人，這時 koh 叫我 tio̍h 好好 á kap i 競選，kám m̄ 是眞奇怪？

拜 5 chái 起，吳添丁換穿 1 雙長紅襪 á 配球鞋來，i 利用『早讀時間』kā 同學講 i 穿這雙紅襪 á 是代表 i ê 熱情、有活力，i 若做班長會用這款精神服務 ta̍k-ê。別班--ê 聽著風聲，無掛讀冊，lóng 走來看這個穿紅長襪 á ê 怪人，tī 教室 ê 窗 á 門外口 chiⁿ 1 tīn 人，ná 像動物園看猴山 á án-ni。我 kāng 款無做 siáⁿ-mih 運動，導師叫我 mā 學 kóa 選舉步數，m̄-koh 我眞正無想 beh koh 做班長，mā bē hiáu 選舉 ê 齣頭。拜 6 透早，i 比我 khah 早來，看著同學就 the̍h 糖 á 請--人，拜託 ta̍k-ê 支持，看著我 kan-taⁿ 笑，無講 gah 1 句話。

升旗了，頭節課，老師講 beh 開班會選班長，有 2 個候選人，我抽著 1 號，吳添丁 2 號，老師講 góan 會 sái 上台演講 5 分鐘，發表政見。我 m̄ 知 beh 講 siá^{n}，khiā tī 台 á 頂面紅紅，尾--á kan-ta^{n} 報 ka-tī ê 名，就落--來。2 號 ê 候選人講 i 吳添丁，會號這個名，就是 ná 像廖添丁 án-ni，beh 勇敢替人做 tāi-chì，i 若做班長，會 tȧk 工用廖添丁 ê 精神，穿 1 雙紅襪 á，爲班--nih ê tāi-chì kut-lȧt 走 chông，希望 tȧk-ê hō͘ i 有機會服務班--nih。投票 ê 結果，我有 7 票，i 38 票，老師宣佈吳添丁當選，i kā chhun ê 糖 á koh 分 hō͘ tȧk-ê，連我 mā 有 1 粒。老師看--著，問--起-來，chiah 知影 i chái 起就有 leh 分--人，講 i 違反選舉，用糖 á 買票，取消 i ê 當選資格。這時，ùi 門嘴有 1 個大 lâng 行--入-來，抗議老師。Hit 個是吳添丁 in a-pa，也就是派出所 ê 主管，m̄-koh 無穿警察衫。I 講 in 後生分糖á m̄ 是選舉 leh 買票，是新同學爲 beh kap tȧk-ê 有交陪，chiah 請 tȧk-ê 食，準講無選班長，i mā 會 chah 糖 á 來請。2 個會 1 khùn，無結論。尾手，

in soah 來問--我，講吳添丁有糖 á 請--我-無？若我食有著，表示爲交陪 chiah 請--ê，若無 hō͘--我，就是買票 ê 行爲。我想想--leh，回答講我 mā 有食著 i 分 ê 糖 á。這層 tāi-chì 就解決--a。

後 1 個拜 1，放學 beh tńg--去 ê 時 chūn，吳添丁來 kap 我 tàu-tīn 行，講 in a-pa beh 請我去 in tau，我 chiok 驚，庄 kha 人若有警察大人 beh chhōe，tiā^{n}-tio̍h 無 siá^{n} 好空。I 叫我免煩惱，in a-pa bē 欺負好人，kan-ta^{n} beh kap 我熟 sāi niâ。In tòa tī 派出所後壁 ê 宿舍，日本式 ê 厝。In a 母有 chhôan 點心 leh 等，我 m̄-bat 看--過 ê 糖 á 餅。In a-pa 講尾--á 有問 in 後生，講拜6 chái 起無請我食糖 á，án-ni 講--來，是吳添丁 m̄ tio̍h，問我 nah 會講 pe̍h-chha̍t 話？我驚驚，想講這個警察 beh lia̍h 我講 hau-siâu 話，就堅持 chì^{n} 講 i 有請--我。A 伯 soah 笑笑，o-ló 我是 1 個有愛心 ê 好 gín-á，hoan 咐添丁 ài 學--我，爲別人解決問題 ê 精神 chiah 是眞正 ê 廖添丁。Mā 交帶 i ài kā 班長 ê khang-khòe 做 hō͘ 好勢，chiah bē 無 chhái 我 ê 心意。

Koh 來，tī 學校，別班 ê 同學 lóng 叫吳添丁是紅襪 á，he 是 i 明顯 ê 標誌，有時會換短襪 á，m̄-koh iáu 是紅--ê，góan kāng 班--ê 就叫 i 廖添丁，i 體育眞 gâu，sńg『躲避球』眞厲害，確實有廖添丁 ê pān 勢。重要--ê 是 i kap 我變做上 kài 好 ê 朋友，tiāⁿ-tiāⁿ chah 好食物 á 來，講是 in a 母叫 i chah 來 hō͘--我-ê，i koh 會講都市學生 ê tāi-chì hō͘ 我聽，lóng 是我感覺奇怪--ê，親像講有 1 種物件叫做「電視」，內底有人會唱歌 hō͘ 人聽，mā 有 bang-gah，眞好看。我感覺 i 講--ê 實在是「講 bang-gah」。

這個少年老師 kā góan 教 3 個月 niâ，in pē-á 母 á tòa tī 別位，有申請轉調，公文落--來，講是 beh 去 1 間都市學校，上尾 1 工，我特別 khah 早來教室，老師 ká-ná kap 我約好--ê，mā 眞早就來。我 kā i 會失禮，講選班長 hit 工講pe̍h-chha̍t，我是驚老師 kap 警察 oan-ke，會 hō͘ 警察 lia̍h--去。老師笑笑，mā o-ló 講我是好gín-á，會 hiáu 替人想，i koh 講吳添丁 in a-pa 有 kā i 會失禮，tāi-chì 無像我想--ê hiah 嚴重，上

kài 重要--ê 是 i 知影我 kap 廖添丁變好朋友。想 bē 到老師 mā 知影吳添丁有這個外號。老師講 i hit 工無 kā『左拉』ê 故事講了，hit 本「跳舞提名冊」i 讀了--a，beh 送我做記念。

我 kap 紅襪 á 廖添丁 ê 感情 mā 維持無 jōa 久，i 做 1 學期 ê 班長，有影眞熱心，班--nih 人人 o-ló，koh tiā^n-tiā^n chah 糖 á 來請 kui 班食，nah 知到後 1 個學期，in a-pa koh hông 派去別位，hioh kôa^n ê 時，也無 kap 我相辭，就走--a。我是到開學 chiah 知--ê，校園內，hit 個ná 像大人結 nekhuh-tai，穿鞋 koh 紅襪 á--ê 看無 i ê 影跡。Hit 學期過，庄--nih 就有人 hak 1 台電視，我走去看，有影有 leh 搬『太空飛鼠』ê『卡通影片』，m̄ 是紅襪 á leh 講 bang-gah--ê。

這世人我 m̄-bat koh tn̄g 著 hit 個老師 iah 是紅襪 á 廖添丁，有 1 kái 看報紙，有看著 1 個叫做「吳添丁」--ê 當選縣議員，我 m̄ 知是 m̄ 是 kāng 名--ê，應該是 i chiah tio̍h，i 自細漢就 hiah gâu 做文宣，選議員無困難，我希望 i m̄ 是買票 chiah 當選--ê。

Phò-tāu，講《拋荒的故事》第三輯：田庄浪漫紀事

周定邦(Chiu Tēng-pang)
台灣說唱藝術工作室團長
台文筆會秘書長

佇台文界你若毋捌阿仁、Asia Jilimpo、Babuza A. Sidaia、陳明仁，按呢你若 kā 人講你是台文界的人，定著無人會信--你。按怎講--leh？請聽小弟 pun-thiah《拋荒的故事第三輯：田庄浪漫紀事》予你知，按呢你閣家己想，就知影我的意。

《田庄浪漫紀事》攏總收《拋荒的故事》--nih〈離緣〉、〈翕相師傅〉、〈紅襪仔廖添丁〉、〈戇清--仔買獎券著大獎〉、〈咖啡物語〉、〈山城聽古〉六篇作品，這六篇阿仁家

己講是「散文故事」，在我看較成「小說」，m̄-koh，這無 hiah 要緊，要緊的是內底 taⁿ 是 leh 講啥。這六篇作品扶去〈紅襪仔廖添丁〉是 leh 講伊 kap 彼个不 sám 時穿紅襪仔的同窗的：「廖添丁」的同窗情掠外，賰的彼五篇的主題攏 kap 查埔查某戀愛、結婚有 tī-tāi，會使講是寫戀愛古的作品，我想「田庄浪漫紀事」這个副標題就是按呢來的。

「浪漫」這个詞是對英語「romantic」來的，有一款予人心肝內 chiâⁿ 甘甜的感覺，kài 成食麥芽膏按呢甜 but-but 黏 thi-thi，閣毋甘分--開的 iūⁿ-siùⁿ，提來講男女的戀愛古上 tùi-tâng。〈離緣〉是講竹圍仔庄的阿文 kap 圳寮仔雲仔舍的屘仔查某囝蓮治--a 的譀古婚姻，阿仁兄 kā 蓮治--a chhiâⁿ-kek 做一个 hō͘ in 爸仔母 sēng 歹--去的查某囡仔，kō͘ 這款性癖來講查某人反抗父權的代誌，按呢煞好空著阿文，tiông 著蓮治--a 這个婧某，m̄-koh，結婚無外久，蓮治--a 煞落跑轉--去，因端是伊毋知做翁某著睏做伙，阿仁兄敢若用這款譀古代來 keng-thé 台灣教育體制實施「性教育」的譀古行做，予咱看著不止仔心適。

〈翕相師傅〉這篇的地緣 kap〈離緣〉仝款，攏是竹圍仔庄 kap 圳寮仔，put-lī-kò 伊是 leh 講「翕相師傅」jiok 雲仔舍的屘仔查某囝蓮治--a 的愛情古，兩篇作品敢若有牽連閣若像無，kài 成是一抱長篇小說內底的兩節。這兩篇作品無仝的是講古的人無 sio-siâng，〈離緣〉這篇單純是阿仁兄 leh 講予咱聽，〈翕相師傅〉這篇雖罔嘛是阿仁兄 leh 講，m̄-koh 伊是覕佇古--nih 的角色，一个囡仔，用囡仔的目睭 leh 看大人的戀愛古，雖罔是「假做」囡仔，講古的氣口袂變 chiâⁿ 大人，這是阿仁兄小說本色 gâu 的所在。

〈紅襪仔廖添丁〉是阿仁兄 leh 講伊讀國校仔四年仔的時 kap 一个對都市轉--來的同窗成做好朋友的故事，佇 hin 內底，阿仁兄安排 in 同齊選班長的劇情，來牽 in 成做好朋友的線，內底有浪漫的朋友情 kap 阿仁兄 kiau in 老師的師生感情，毋但按呢，嘛敢若刁工 kō͘ in

選班長的經過，leh 暗暗仔 khau 洗台灣的選舉文化，買票的 lah-sap 文化，這款自覺 tėk 的點 tuh，予咱致覺這款 bái 文化對囡仔人的影響。

〈戇清--仔買獎券著大獎〉嘛是一篇真心適的作品，心適佇作穡人戇清--仔心肝內彼个想欲著大獎的希望，希望著大獎 thang chhoân 娶某的聘金，thang娶一个某來鬥作，thang 晟 hia 小弟小妹。佇這篇古--nih，阿仁兄 chiâⁿ 體貼咱 chia-ê 讀者，無予逐家失望，雖罔戇清--仔無著著二十萬的大獎，路尾煞免聘金就娶著賣伊獎券，賣伊希望的姑娘仔做牽手，這就是阿仁兄 gâu 舖排的所在，予咱看了，規个心肝內攏是 tīⁿ-tīⁿ-tīⁿ 燒 lō 燒 lō 的浪漫。

〈咖啡物語〉是 chin 內底上浪漫的作品，講阿仁兄細漢的時 kap 咖啡結緣的故事，kō͘ 伊上內行的歌謠來 chhōa 路，予規篇作品充滿甜 but-but 的 kàⁿ 素，這是阿仁兄的作品上大的特色，讀到尾，kàⁿ 素發 kàⁿ，kā 苦 tėh-tėh 的咖啡變 chiâⁿ 甜閣芳的物件，予浪漫 tòe 咖啡的芳氣佇咱的心肝內 chhèng，展現小說家高段的寫作技巧。

〈山城聽古〉這篇作品有一个真顯頭的所在，就是阿仁兄借這篇「故事內底的故事」kā 咱傳統的價值觀 péng-liàn-tńg，彼款查埔人趁錢飼某仔囝，查某人款內底的傳統價值觀，佇「山城」這口灶煞揣無，這--無打緊閣顛倒 péng，是查埔人 leh 煮食、款厝內、案內人客，這款「劇情」ê 的 chhui 排，定著是刁工的；閣，阿仁兄提這對翁仔某少年的時 sio-chhōa 走的故事，來營爲這篇作品的浪漫氣氛，siàⁿ-siàⁿ 是一篇予咱讀了足感心的好作品，路尾閣講「藝術是用來生活的，毋是商品」，這正正是阿仁兄透過作品leh講伊家己對藝術的價值觀。

按呢咱 kā 看，這六篇正的是發生佇田庄的浪漫古，號做「田庄浪漫紀事」一屑仔都無臭彈。Taⁿ chit-má 分拆煞--ah，各位應該知影我的意 --ah。Sòa--lȯh，小弟就 kō͘ 唸歌的方式來推薦這套《抛荒ê故事》：

列位朋友我總請，姓周定邦我的名，小弟這陣蹛府城，欲來唸歌予恁聽。

唸歌講的攏實事，小弟毋是膨風龜，紹介拋荒的故事，這抱作品足特殊。好物欲 kā 朋友報，毋是小弟 leh lî-lô，逐家頭殼想清楚，這本作品咱的寶。這本作者 kài gâu 編，事實恁看現拄現，台灣文學的經典，毋是小弟 thờ liân-siân。作品攏寫台灣島，田庄傳奇別位無，文學技巧 kài gió-toh，毋是小弟 gâu 褒 so。逐篇作品活跳跳，田庄故事寫眞 chiâu，這本作品足切要，無買來讀擋袂 tiâu。

作品毋但有文字，閣有灌音出 CD，作者來讀 kài 四是，一套才賣小可錢。Ia̍h 有插圖 thang 好看，燒烙你咱的心肝，閣有配樂來相伴，袂輸較早老曲盤。這套作品眞 phong-phài，兩塊 CD kah 冊來，朋友聽我來紹介，小可錢仔就該開。這是前衛來出版，品質予咱心會安，專 hē 重本做予讚，經典作品留世間。

紹介作者報恁聽，姓陳明仁伊的名，台文運動的頭兄，故鄉二林彰化城。阿仁筆名叫阿舍，爲著台灣拚毋驚，chhui-sak 台文極拍拚，khám-khiat 路途 chhōa 咱行。毋願台語 leh 抛荒，想著心肝陣陣酸，阿仁 chhōa 咱同齊扛，欲予台文代代 thn̂g。朋友恁著聽我講，這本來買是無妨，好冊毋是 leh 膨風，小弟毋是欲 piah-sông。這款好物世間少，朋友你咱著相招，相 kēng 相 thīn 來寶惜，

台語文學會出 kioh。朋友相 kēng 情意重，予咱台文較 chiâ^{n} 人，恁的恩情毋敢放，天公會疼咱眾人。相 thīn 朋友眞 ló͘ 力，恁的恩情 kài 價値，助咱台文大氣力，文化復興 thang phah-tat。歌仔到遮欲 chhé-pái，逐家無惜恁錢財，台語文學鬥晟栽，感謝話句說出來。歌仔到遮盡尾聲，感謝朋友來鬥晟，台語文學逐家疼，誅風戰湧咱會贏。歌仔到遮欲結束，祝咱平安閣快樂，台灣獨立閣建國，年年月月

攏幸福。

（本文羅馬字採用傳統白話字）

拋荒的故事，復耕的心情

陳正雄

台文作家

台文筆會理事

十多年前，我剛開始投入台語的運動與台文的創作之時，就常聽聞阿仁兄的大名，也曾約略看過他的詩作，後來在一些台語文活動的場合，也碰到過幾次面。但是，一來，他早已是成名的前輩，我還是剛出道的新手，互動的頻率不高；二來，他住在台北，我定居台南，相處的機會不多；再來，他主張漢羅創作，我偏向全漢書寫，閱讀的習慣不同，因此對他的爲人不是很熟悉，對他的作品也不是很了解。近年來，阿仁兄擔任海翁台語文教育協會理事長及《台語教育報》總編輯，比較有時間南下，我們也就比較有機會見面、閒聊，對他才有更多、更深的認識。我有時看他稍微瘦弱的身體卻充滿鬥志的精神，爲了台語文的前途，在孤獨的深夜裡南來北往的奔波，常常覺得不捨又感到佩服，他才是眞正的運動者、創作家。

阿仁兄的台文作品，除了眾所公認的，他對台語的用句遣詞非常的原味道地；他對土地人性的描寫相當的細膩生動外，我覺得，他那親切隨和的個性裡，對一些世事有著極獨特、狡怪的看法與堅持；他那浪漫自在的外表下，對許多人生有種深刻、沉重的心情與思想，他的作品如此，他的性情也如此，就如同他經常的穿著一樣，西裝配涼鞋，不搭調卻又很自然，這就是他的特色。

以下就從本輯的幾篇作品裡面，提出幾點個人粗淺的觀點：

〈離緣〉與〈翕相師傅〉裡的主人翁同樣是富家女的「蓮治」就是一個獨特、狡怪的角色。在那個傳統保守的社會，一般民眾對於男婚女嫁通常是講求門當戶對，特別是有錢有勢的家族更是格外的注重，就算有少數的例外，也大多是因爲愛情的力量或現實的妥協。但是富家女蓮治不惜違抗父命，嫁給窮小子阿文哥，卻只是爲了心適m̂好玩罷了，等到沒趣味了，就來個離緣，既沒有偉大的愛情爲理由，也不需神聖的婚姻當藉口，更不管離婚的。而兩人離婚之後，不但沒有形同陌路，甚至，女方還邀請男方去參加她後來的婚禮，雙方成了極好的朋友。〈山城聽古〉是作者到居住在埔里山城的學生家做客聽到學生母親親口所說的一段自身經歷的故事。文章裡，男女主角的愛情與婚姻，不同於現實社會的觀念，有別於普遍世俗的價值，就如同畫中的世界一樣，浪漫而迷人。〈紅襪仔廖添丁〉描寫兩個不同環境出身的小學同班同學，因爲一場不對等的班長選舉，差點引發熱情正直的老師跟有權有勢的家長之間的衝突，卻在落選者原就善良、無爭的態度下，化於無形，兩個同學，事後還成爲好友。單純的讀書才是他的興趣，世俗的權力對他，根本毫無吸引力。

《拋荒的故事》是在2000年由台語傳播有

限公司初次印行。此次，由前衛出版社重新出版，這是出版者對自我的期許與挑戰，也是對阿仁兄再次公開的肯定，更是給台文界一個重要的鼓勵。現在，有了高水準的作品，也有了好品質的出版，最需要的就是有眼光的讀者了，希望大家別錯失了這麼難得的機會，讓我們一起用歡喜的心情來復耕這段拋荒的故事。

〔附錄〕

《拋荒的故事》

有聲出版計畫(共六輯)

第一輯：	1.地理囥仔先 2.新婦仔變尪姨 3.改運的故事 4.大崙的阿太佮砂鼈 5.指甲花 6.牽尪姨	田庄 傳奇紀事
第二輯：	1.愛的故事 2.濁水反清清水濁 3.顧口--的佮辯士 4.再會，故鄉的戀夢 5.來惜--仔佮罔市--仔的婚姻 6.發姆--仔對看的故事	田庄愛情 婚姻紀事
第三輯：	1.離緣 2.翕相師傅 3.紅襪仔廖添丁 4.戇清--仔買獎券著大獎 5.咖啡物語 6.山城聽古	田庄 浪漫紀事

第四輯：	1.沿路搜揣囡仔時 2.飼牛囡仔普水雞仔度 3.抾稻仔穗 4.甘蔗園記事 5.十姊妹記事 6.來去掠走馬仔	田庄 囡仔紀事
第五輯：	1.乞食：庄的人氣者 2.鱸鰻松--仔 3.樂--仔的音樂生涯 4.痟德--仔掠牛 5.祖師爺掠童乩 6.純情王寶釧	田庄 人氣紀事
第六輯：	1.印尼新娘 2.老實的水耳叔--仔 3.清義--仔選里長 4.豬寮成--仔佮阿麗 5.一人一款命 6.稅厝的紳士	田庄 運氣紀事

台灣羅馬字音標符號及例字

聲母

合脣音	p	ph	m	b
	褒	波	摩	帽
舌尖音 (舌齒音)	t	th	n	l
	刀	桃	那	羅
舌根音	k	kh	ng	g
	哥	科	雅	鵝
舌面音	ts	tsh	s	j
	槽	臊	挲	如
	之	痴	詩	字
喉　音	h			
	和			
	好			

韻母

主要母音	a	i	u	e	o(ə)	oo(ɔ)
	阿	衣	于	挨	蚵	烏

鼻聲主母音	ann	inn		enn	onn	
	餡	圓		嬰	唔	
複母音	ai	au	ia	iu	io	(ioo)
	哀	歐	野	憂	腰	喲
	ua	ui	ue	uai	iau	
	娃	威	鍋	歪	夭	
鼻聲複母音	ainn	aunn	iann	iunn	ionn	
	偝	懊	營	鴦	羊	
	uann	uinn	uenn	uainn	iaunn	
	碗	○	○	歪	喵	
入聲韻母 p t k	ap	at	ak	ip	it	ik
	壓	遏	握	揖	一	億
	op	ut	ok	iap	iat	iak
	○	鬱	惡	葉	謁	○
		uat	iok			
		越	約			
入聲韻母 h	ah	ih	uh	eh	oh	ooh
	鴨	噫	噎	厄	偎	喔
	auh	iah	uah	ueh	ioh	iuh
	○	挖	哇	喂	臆	○
	annh	innh	ennh	onnh	mh	ngh
	○	○	○	○	○	○

韻尾母音

am	an	ang	im	in	ing
庵	安	尪	音	因	英
om	un	ong	iam	ian	iang
掩	溫	翁	閹	煙	央
	uan	uang			iong
	彎	嚾			勇
m		ng			
姆		黃			

聲調

1	2	3	4	5	6	7	8
第一聲	第二聲	第三聲	第四聲	第五聲	第六聲	第七聲	第八聲
	ˊ	ˋ		ˆ		ˉ	ˈ
獅	虎	豹	鱉	牛	馬	象	鹿
sai	hóo	pà	pih	gû	bé	tshiūnn	lo̍k
am	ám	àm	ap	âm	ám	ām	a̍p
庵	泔	暗	壓	醃	泔	頷	盒

in	ín	ìn	it	în	ín	īn	i̍t
因	允	印	一	寅	允	孕	一(tsi̍t)
ong	óng	òng	ok	ông	óng	ōng	o̍k
翁	往	盎	惡	王	往	旺	◯

變調

雞	鳥	燕	鴨	鵝	馬	蟹	鶴
ke	tsiáu	iàn	ah	gô	bé	hē	ho̍h
↓	↓	↓	↓	↓	↓	↓	↓
kē	tsiau	ián	a̍h	gō	be	hè	hò(h)
母	翼	窩	頭	肉	面	管	齡

徵求2300位 (台灣萬人之一)

開先鋒、擧頭旗的本土有心有緣人士！

◎「友情贊助」預約全六輯3000元

★「友情贊助」全六輯優待3000元
（大名寶號刊登各輯書前「友情贊助人名錄」，永遠歷史留名。）

★立即行動：送王育德博士演講CD1片+Freddy、張鈞甯主演《南方紀事之浮世光影》絕版電影書1本(含MP3音樂光碟)

感恩「友情贊助」《拋荒的故事》CD書全六輯

陳麗君老師
劉俊仁先生
陳榮廷先生
王立甫先生
馮文信先生
陳新典先生
徐炎山總經理
王海泉先生
許壹郎先生
陳富貴先生
楊飛龍先生
陳雪華小姐
葉文雄先生
褚妏鈺經理
謝慧貞小姐
陳遠明先生
柯巧莉醫師
張淑真會長
蔣為文教授×2
黃阿惠小姐
楊婷鈞小姐
林鳳雪小姐×5
郭敬恩先生
陳宗智總經理
許慧如老師
杜秀元先生
林綉華女士
劉祥仁醫師×2
陸慶福先生
黃義忠先生
邱秀鈴小姐
林清祥先生
賴文樹先生
李林坡先生
蔡勝雄先生
葉明珠小姐
丁連宗先生
劉建成總經理×2
江清琮先生
倪仁賢董事長
簡俊能先生
呂理添先生
陳煌弦先生
林松村先生
周定邦先生
邱靜雯小姐
蔡文欽先生
鄭詩宗先生
吳富炰博士
江永源先生
郭茂林先生
陳勝德先生
李淑貞小姐
謝明義先生×20
莊麗鳳小姐
陳豐惠小姐
李芳枝女士
張邦彥副理事長
曾雅禎小姐
李遠清先生×2
陳奕瑋先生
徐義鎮先生
忠 義先生
張復聚先生×8
王寶根先生

台語復興、台文起動的時代來了，
您，就是先知先覺的那一位！

【台灣經典寶庫】出版計畫

台灣人當知台灣事，這是台灣子民天經地義的本然心願，也是進步台灣知識份子的基本教養。只是一般台灣民眾對於台灣這塊苦難大地的歷史認知，有人渾然不覺，有人習焉不察，而且歷史上各朝代有關台灣史料典籍汗牛充棟，莫衷一是，除非專業歷史研究者，否則一般民眾根本懶於或難於入手。

因此，我們堅心矢志為台灣整理一套【台灣經典寶庫】，留下台灣歷史原貌，呈現台灣山川、自然人文、地理、族群、語言、政治、經濟、社會、文化、風土、民情等沿革演變的真實記錄，此乃日本學者所謂「台灣本島史的真精髓」，正可顯現台灣的人文深度與歷史厚度。

做為台灣本土出版機關，【台灣經典寶庫】是我們初心戮力的出版大夢。我們相信，這套【台灣經典寶庫】是恢弘台灣歷史文化極其珍貴保重的傳世寶藏，是新興台灣學、台灣研究者必備的最基本素材也是台灣庶民本土扎根、認識母土的「台灣文化基本教材」。我們的目標是，每一個台灣人在一生當中，至少要讀一本【台灣經典寶庫】；唯有如此，世代之間才能萌生情感的認同，台灣文化與本土意識才能奠定宏偉堅實的基石。

目前已出版

福爾摩沙紀事：馬偕台灣回憶錄
FC01／馬偕著／林晚生譯／鄭仰恩校註／384頁／360元

田園之秋（插圖版）
FC02／陳冠學著／何華仁繪圖／全彩／360頁／400元

素描福爾摩沙：甘為霖台灣筆記
FC03／甘為霖著／阮宗興校訂／林弘宣等譯／424頁／400元

福爾摩沙及其住民－19世紀美國博物學家的台灣調查筆記

FC04／史蒂瑞著／李壬癸校訂／林弘宣譯／306頁／300元

歷險福爾摩沙：回憶在滿大人、海賊與「獵頭番」間的激盪歲月
FC05／必麒麟著／陳逸君譯／劉還月導讀／320頁／350元

被遺誤的台灣：荷鄭台江決戰始末記
FC06／揆一著／甘為霖英譯／許雪姬導讀／272頁／300元

南台灣踏查手記：李仙得台灣紀行
FC07／李仙得著／黃怡漢譯／陳秋坤校註／272頁／300元

即將出版：《蘭大衛醫生媽福爾摩故事集：風土、民情、初代信徒》

進行中書目：井上伊之助《台灣山地醫療傳道記》（尋求認養贊助出版）
甘為霖 (William Campbell)《荷治下的福爾摩沙》（尋求認養贊助出版）
黃昭堂《台灣總督府》（尋求認養贊助出版）
王育德《苦悶的台灣》（尋求認養贊助出版）
山本三生編《日本時代台灣地理大系》（尋求認養贊助出版）

【台灣經典寶庫】06

荷鄭台江決戰始末記

被遺誤的台灣

FC06／揆一著／甘為霖英譯／許雪姬導讀／272頁／300元

荷文原著 C.E.S《' t Verwaerloosde Formosa》(Amsterdam, 1675) 英譯 William Campbell《Formosa Under the Dutch》(London, 1903)

※ 特別感謝：本書承棉品實業股份有限公司董事長洪清峰先生認養贊助出版。

350 年前，荷蘭末代台灣長官揆一率領 1 千餘名荷蘭守軍，苦守熱蘭遮城 9 個月，頑抗 2 萬 5 千名鄭成功襲台大軍的激戰實況

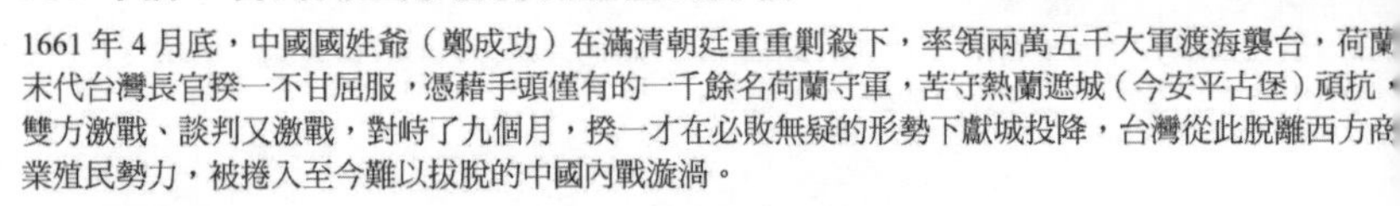

350 年前，台灣島上爆發首次政權攻防戰

1661 年 4 月底，中國國姓爺（鄭成功）在滿清朝廷重重剿殺下，率領兩萬五千大軍渡海襲台，荷蘭末代台灣長官揆一不甘屈服，憑藉手頭僅有的一千餘名荷蘭守軍，苦守熱蘭遮城（今安平古堡）頑抗，雙方激戰、談判又激戰，對峙了九個月，揆一才在必敗無疑的形勢下獻城投降，台灣從此脫離西方商業殖民勢力，被捲入至今難以拔脫的中國內戰漩渦。

千夫所指的揆一，忍辱寫下這本台灣答辯書

揆一率領部眾返回巴達維亞後，立即遭起訴，被判處死刑、財產充公，最後改判終身監禁在僻遠小島 Ay，在島上度過八年悲苦的流放歲月後，才在親友奔走下獲得特赦，返國前夕（1675 年），揆一以匿名形式出版本書，替自己背負的喪失台灣之罪名，提出最鏗鏘有力的答辯書，更為這場決定台灣命運的關鍵戰役，留下不朽的歷史見證。

絕無僅有的珍貴文獻，再現荷蘭殖民當局的苦惱與應對

本書是第一手文獻中唯一以這場戰役為主題的專著，從交戰一方荷蘭統帥揆一的角度，完整敘述戰爭爆發前夕的整體情勢，以及雙方交戰的實際經過，透過這一敘述，讀者不僅可以清楚瞭解島上荷蘭當局所面臨的困難與決策過程，也能跳脫習慣上從中國鄭成功角度所看到的「收復」台灣，改從島上荷蘭長官的立場來認識鄭成功「攻台」的始末。

藉揆一之筆，我們窺見台灣先祖的隱約身影

站在當時島上最高統帥揆一身旁，我們隨著他的眼光四下梭巡，看見早期台灣人的身影：兵荒馬亂下，富裕、有名望的漢人移民各自選邊站，有人向荷蘭長官密告，有人對國姓爺通風報信，沒錢沒勢的漢人移民則隨風飄蕩，或是逃回中國，或是留下來拚命保全畢生心血；原住民則在威脅利誘下，淪為島上強權的馬前卒，時而幫荷蘭人鎮壓漢人起義，時而替漢人攻打落難的荷蘭人，台灣最初主人的地位與尊嚴蕩然無存。

歷久彌新的經典，唯一流通的漢文譯本

本書目前有德、法、日、英、漢等語的譯本；其中，英譯本有三種，日譯本也有三種，漢譯本則有四種。今年適逢 1662 年荷蘭人撤離福爾摩沙、國姓爺攻佔台灣的 350 周年，前衛出版社特推出《被遺誤的台灣》的第五種最新漢譯本，並委請中央研究院台史所研究員許雪姬教授撰寫導讀，以彰顯本書的不朽經典地位，讓這本與台灣命運密切相關的書籍，得以漢譯本的面貌重新在島上流通。

前衛【台灣經典寶庫】計畫

【台灣經典寶庫】預定 100 種書。

【台灣經典寶庫】將系統性蒐羅、整理信史以來，各時代（包括荷蘭時代、西班牙時代、明鄭時代、滿清時代、日本時代、戰後國府時代）的台灣歷史文獻資料，暨各時代當政官人、文人雅士、東西洋學者、調查研究者、旅人、探險家、傳教士、作家等所著與台灣有關的經典著書或出土塵封資料，經本社編選顧問團精選，列為「台灣經典寶庫」叢書，其原著若是日文、西文，則聘專精譯者迻譯為漢文，其為中國文言古籍者，則轉譯為現代白話漢文，並附原典，以資對照。兩者均再特聘各該領域之權威學者專家，以現代學術規格，詳做校勘及註解，並佐配相關歷史圖像及重新繪製地圖，予以全新美工編排，出版流傳。

認養贊助出版：每本 NT$30 萬元。

＊指定某一部「台灣經典寶庫」，全額認養贊助出版。

認養人名號及簡介專頁刊載於本書頭頁，永誌感謝與讚美。
認養人可獲所認養該書 1000 本，由認養人分發運用。

預約助印全套「台灣經典寶庫」100 種，每單位 NT$30,000 元（海外 USD1500 元）。

助印人可獲本「台灣經典寶庫」100 本陸續出版之各書。
助印人大名寶號刊載於各書前頁，永遠歷史留名。

感謝認養【台灣經典寶庫】

C01 馬偕《**福爾摩沙紀事：馬偕台灣回憶錄**》
（台灣基督長老教會總會助印 1000 本）

C02 陳冠學《田園之秋》（大字彩色插圖版）
（屏東北旗尾社區營造協會黃發保先生認養贊助出版）

C03 甘為霖《**素描福爾摩沙：甘為霖台灣筆記**》
（台北建成扶輪社謝明義先生認養贊助出版）

C04 史蒂瑞《**福爾摩沙及其住民：19 世紀美國博物學家的台灣調查筆記**》
（北美台灣人權協會＆王康陸博士紀念基金會認養贊助出版）

C05 必麒麟《**歷險福爾摩沙：回憶在滿大人、海賊與「獵頭番」間的激盪歲月**》
（北美台灣同鄉 P. C. Ng 先生認養贊助出版）

C06 揆一《**被遺誤的台灣：荷鄭台江決戰始末記**》
（棉品實業股份有限公司洪清峰董事長認養贊助出版）

C07 李仙得《**南台灣踏查手記**》
（財團法人世聯倉運文教基金會認養贊助出版）

C08 連瑪玉《**蘭大衛醫生娘福爾摩沙故事集**》
（即將出版）（彰化基督教醫院認養贊助出版）

感謝預約助印全套【台灣經典寶庫】

郭明宗先生　鄭文煥先生　廖彬良先生　林承謨先生

國家圖書館出版品預行編目資料

抛荒的故事. 第三輯, 田庄浪漫紀事 / 陳明仁原著；蔡詠淯漢字改寫. - - 初版. - - 台北市：前衛, 2013.05
256面；13×18.5公分

ISBN 978-957-801-709-2(精裝附光碟片)

863.57 102009986

抛荒的故事

第三輯, 田庄浪漫紀事

原　　著　Asia Jilimpo 陳明仁
漢字改寫　蔡詠淯
中文註解　蔡詠淯　陳豐惠　陳明仁
插　　畫　林　晉
美術設計　大觀視覺顧問
內頁排版　宸遠彩藝
責任編輯　陳豐惠
出 版 者　前衛出版社
10468 台北市中山區農安街153號4F之3
Tel：02-25865708　Fax：02-25863758
郵撥帳號：05625551
e-mail：a4791@ms15.hinet.net
http://www.avanguard.com.tw
出版總監　林文欽
法律顧問　南國春秋法律事務所林峰正律師
總 經 銷　紅螞蟻圖書有限公司
台北市內湖舊宗路二段121巷28、32號4樓
Tel：02-27953656　Fax：02-27954100
出版日期　2013年05月初版一刷

定　　價　1書2CD新台幣600元

Printed in Taiwan　ISBN 978-957-801-709-2